图书在版编目（CIP）数据

纪伯伦诗歌精选 /（黎巴嫩）纪伯伦著；陈
姝译 . -- 北京：群言出版社，2022.1
ISBN 978-7-5193-0705-9

Ⅰ. ①纪… Ⅱ. ①纪… ②陈… Ⅲ. ①散文诗—诗集
—黎巴嫩—现代 Ⅳ. ① I378.25

中国版本图书馆 CIP 数据核字（2021）第 260720 号

责任编辑：侯　莹　卢　珊
特邀编辑：凌　翔
封面设计：陈　姝

出版发行：群言出版社
地　　址：北京市东城区东厂胡同北巷 1 号（100006）
网　　址：www.qypublish.com（官网书城）
电子信箱：qunyancbs@126.com
联系电话：010-65267783　65263836
经　　销：全国新华书店

印　　刷：唐山楠萍印务有限公司
版　　次：2022 年 1 月第 1 版
印　　次：2022 年 1 月第 1 次印刷
开　　本：165mm×230mm　　1/16
印　　张：16
字　　数：220 千字
书　　号：ISBN 978-7-5193-0705-9
定　　价：49.80 元

爱，既可为你加冕添冠，同时也可能把你钉在十字架上。

爱，既可帮着你成长壮大，同时也可能修剪你的枝条。

爱能够升腾到你所能到达的最高处，轻抚你们那些在阳光里摇曳的嫩枝细叶。爱也能够动摇你们那些深深地扎进泥土中的根须。

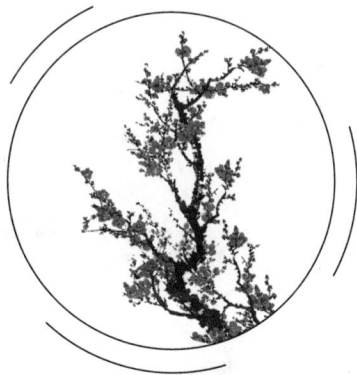

阿 拉 伯 现 代 文 学 的 主 要 奠 基 人
近 代 东 方 文 学 走 向 世 界 的 先 驱

阿 拉 伯 现 代 文 学 的 主 要 奠 基 人
近 代 东 方 文 学 走 向 世 界 的 先 驱

爱，既可为你加冕添冠，同时也可能把你钉在十字架上。

　　爱，既可帮着你成长壮大，同时也可能修剪你的枝条。

　　爱能够升腾到你所能到达的最高处，轻抚你们那些在阳光里摇曳的嫩枝细叶。爱也能够动摇你们那些深深地扎进泥土中的根须。

图书在版编目（ＣＩＰ）数据

纪伯伦诗歌精选 /（黎巴嫩）纪伯伦著；陈
姝译 . -- 北京：群言出版社，2022.1
ISBN 978-7-5193-0705-9

Ⅰ. ①纪… Ⅱ. ①纪… ②陈… Ⅲ. ①散文诗－诗集
－黎巴嫩－现代 Ⅳ. ① I378.25

中国版本图书馆 CIP 数据核字（2021）第 260720 号

责任编辑：侯　莹　卢　珊
特邀编辑：凌　翔
封面设计：陈　姝

出版发行：群言出版社
地　　址：北京市东城区东厂胡同北巷 1 号（100006）
网　　址：www.qypublish.com（官网书城）
电子信箱：qunyancbs@126.com
联系电话：010-65267783　　65263836
经　　销：全国新华书店

印　　刷：唐山楠萍印务有限公司
版　　次：2022 年 1 月第 1 版
印　　次：2022 年 1 月第 1 次印刷
开　　本：165mm×230mm　　1/16
印　　张：16
字　　数：220 千字
书　　号：ISBN 978-7-5193-0705-9
定　　价：49.80 元

纪伯伦诗歌精选

[黎巴嫩] 纪伯伦 著

陈 姝 译

群言出版社
QUNYAN PRESS

·北京·

目录

C o n t e n t s

先　知

　　《先知》是纪伯伦的代表作，意境高深，主题广泛，极大地体现了善与美的交织，充满了浓郁的诗情和哲理，给人以遐想，给人以启迪。

船的到来

1

正午的阳光正旺盛地照耀着大地，被主所选、为主所爱的艾勒·穆斯塔法，已在奥法里斯城等待了整整十二年，等待着他的航船的来到，载着他回返到他从小出生和成长的岛上去。

在这第十二年的收获之月的第七天，他爬到城墙外的小山顶，面朝大海远眺，见到他等待的航船从浓雾中悄悄驶近。

这时的他，心门豁然开朗，内心的喜悦越过海面飞向航船。他兴奋地闭上双眼，在灵魂的平静中发出心的祷告。

2

然而，当他从小山顶向下走时，胸中却莫名地涌起一阵悲哀，他突然这样想到：我怎么能够就这样没有一点悲伤，平静地告别这座生活了十二年的城市？不，不能！我一定会带着精神上的创伤，离开这个生活了十二年的城市。

我在这个城市里，度过了一个又一个漫长的白天，度过了一个又一个孤独的夜晚。我不知道，有谁能够毫无眷恋地离开曾经带给他许许多多痛苦和孤独的记忆！

我曾经在这个城市的大街小巷播撒了许许多多的思想片段，也曾经认识过许许多多光着屁股行走的可爱孩子。那么，我怎么能够毫无负担、毫无痛苦地离开他们呢？

今天，我不是在脱下一件可有可无的罩衣，而是在用我自己的手，去撕下我自己的一层皮肤！

今天，我不是把自己的想法留在身后，而是在身后留下了一颗因饥饿和干渴而变得甜蜜的心！

3

然而，我不能再在这个城市停留了，那辽阔的大海在呼唤我，我必须登上那班等待着我的航船！

因为，尽管时光在夜晚仍会熊熊燃烧，灼热似火，但倘若我仍停留在这个城市，那么，我仍然会慢慢地被冻结、凝固和结晶。

我多么希望，把这一切全都带在我的身边，那将是十分快乐的！可是，我却没有任何办法能够做到这一点。

就像声音是唇和舌给予的，但声音传到远方时，却见不到唇，也见不到舌。声音只能自己独自在空气中飞翔。

那翱翔在蓝天上的苍鹰也是，它不能带着呵护着它成长的巢，只能孤寂地在太阳下面展翅。

4

当他走到小山脚下时，他转过身来，再次面向大海，他见到那艘船驶向港湾越来越近，船头上站着的是来自他故乡的水手。

于是，他从心中发出呼唤：我古老母亲的子孙们，你们真是弄潮的英雄，多少次在梦中，我见到过你们。现在，你们在我更深的梦里，也就是我清醒的时刻，终于来到了。

一切就绪。我已经准备好了一切，我的思想正扬起风帆，等待着风儿的到来。

我只想再吸一口这个城市的宁静空气，再看一眼这个城市的美丽模样！

然后，我便加入到你们中间，成为水手。

还有你啊，你这浩瀚无垠的大海，你这永不眠息的母亲。

有你，江河和溪流才能找到宁静的自由。

这条细小的溪流，你只要再绕一个小小的湾子，在森林里再潺潺低语一番，便会投入大海的怀抱，像一粒粒水滴一样，融入浩瀚的海洋。

5

艾勒·穆斯塔法走到回城的路上时，突然见到很多男男女女，他们纷纷离开农田和果园，快步涌向城外，他听到，他们叫喊着他的名字，跨过田间的阡陌，告诉他航船来到的消息。

这一刻，他问自己：难道，分别的时刻正是相聚的高潮？正如深夜正是黎明的开始！

他又问自己：我能够为这些放下耕田用的犁耙、停下酿酒用的转轮的人们回报什么呢？

能不能让我的一颗爱心，长成参天大树，结满丰硕的果子，采摘下来，与他们分享呢？

还是让我的无边愿望，化作美酒般的涌泉，倒满他们的杯盏？

我愿化作一架全能者的手可以弹奏的琴，或者是一管全能者的嘴可以吹弄的笛！

我是一个找寻寂寥的人，难道我在寂寥中找到了宝藏，使得我能够自信地给予他人？

如果说今天是一个收获的日子，那么，这些收获是我在哪个被遗忘的季节和哪片土地上播种过的呢？

如果那时是我举起明灯的时刻，那么，灯中燃烧的焰火肯定不是我点燃的。

我举起的灯空空无油，无法发出一丝光亮。深夜里守护你们的人儿，将会为你们添上油，点起火，让明灯闪烁。

6

艾勒·穆斯塔法用言语向人们述说了这些事情，还有很多没有说出来的话藏在他的心灵深处，因为他自己也无法表达出那些深藏在心底的秘密。

7

他走进城门时，四面八方的人们拥到他面前，纷纷呼喊着他的名字。

老人们走到前面，对他说："你别急着离开我们！当我们已处于黄昏时分时，你还在正午，你青春的魅力，把我们从一个梦幻带进了另一个梦幻。"

"在我们眼中，你并不是一个陌生的异乡人，也不是一个匆匆来又匆匆去的过客，你是我们的孩子，是我们情有独钟、最爱戴的人儿。不要让我们因为渴望见到你而望眼欲穿。"

8

男女祭司们大声地对他说：

请不要让海浪现在就把我们分开，更不要让我们度过的那些美好岁月仅仅成为人们茶余饭后的回忆。

你曾经是我们中间行走的神灵，你的身影是映在我们脸上的光辉。

我们一直深深地喜爱着你，尽管我们的爱放在心中，没有对你说出来，就像隔了一层薄纱。

但现在我们要大声地告诉你，我们要拂去脸上遮挡的面纱坦然地面对你。因为我们深深知道，除非到了别离的时候，爱永远都是这样，不知自己的深浅！

9

其他人也纷纷走上前来，挽留他。

他没有说话，只是低着自己的头，近处的人看到他的眼泪滴落在胸前。

他领着大家，一起走向圣殿前的大广场。

10

有一个名叫艾尔·梅特拉的女子从圣殿里走了出来，她是一名预言家。

他用含情脉脉的眼光看着她，因为，在他到达这座城市的第一天，她就追随他、相信他、崇拜他。

她满含深情地祝贺他，然后说道："你是上帝的先知，为了寻求终极，你一直计算着你的航船到来的时间。现在，你盼望的船儿来了，你的启程已成定局，无法更改。"

"我深深地知道，你深切地向往着你记忆中的故乡和更为远大的抱负，所以，尽管我们十分热爱你，但我们不会因为爱而拴着你，我们的爱也没有办法拴着你。"

"不过，在你离开我们之前，我们请求你给我们讲讲真理，我们要将这真理传给我们的子孙后代，代代相传，永不湮灭。"

你曾在孤独的日子里关怀着我们白天的乐与痛，也曾在清醒时倾听过我们睡梦中的哭与笑。现在，我们请求你把我们的内心真实世界告诉我们，把你知道的关于生和死的一切告诉我们。

我回答他们说："奥法里斯城的人们啊，除了现在飘荡在你们心灵里的那些人和事外，我什么也说不出来，什么也不想说。"

谈 爱

1

梅特拉向穆斯塔法请求道：

请你给我们谈一谈什么是爱吧！谈一谈什么是真正的爱！

穆斯塔法缓缓地抬起头，目光看向众人，人们全都静气无声，他用他独有的洪钟般的声音大声说道：

一旦遇见爱，遇见爱向你们召唤时，不要犹豫，立即跟上他的脚步。

即便道路崎岖艰险，坡陡难行。

然而，一旦爱向你们张开了怀抱，展开双翅，那么，莫徘徊，臣服于爱吧！

即便有可能有藏在爱的羽翼中的利刃或许会伤着跟随着爱的你们。

但是，当爱要求你们做什么时，你们一定要相信他的话，别怀疑。

即便爱的话也许和你们的想法不一致，甚至相反，或许会击碎你们的美梦。

就像那寒冬里的北风一样，一夜就把园林中的花草树木吹扫得东零西落。

2

爱，既可为你加冕添冠，同时也可能把你钉在十字架上。

爱，既可帮着你成长壮大，同时也可能修剪你的枝条。

爱能够升腾到你所能到达的最高处，轻抚你们那些在阳光里摇曳的嫩枝细叶。爱也能够动摇你们那些深深地扎进泥土中的根须。

3

爱能够把你们像麦捆一样聚拢在身边，

爱也能够把你们舂打，让你们周身没有一颗果实。

爱也能够把你们筛分，让你们筛去外壳。

爱还能够碾磨你们，把你们磨成面粉。

爱还能够揉捏你们，让你们变得像面团一样柔软。

这之后，他把你们放在圣殿的火上，让你们成为上帝圣宴上的香饼。

这一切，都是爱的所作所为，他让你们能够领悟自己心中的那些秘密，从而将这些人生领悟，变成为你们人生财富的一部分。

4

如果你们在内心深处存在这样一种潜意识，只想在爱的海洋中寻找到自己的安逸和快乐。

那么，你们最好用厚厚的掩盖物把自己的赤身裸体紧紧地裹起来，只有这样，才可能逃离爱对你暴风骤雨般的打击。

那样，你们就会走向一个没有春夏秋冬季节更替的世界。在那里，你们或许可以拥有欢笑，但笑得不会尽情；在那里，你们也可能会哭泣，但却不会哭干眼泪。

爱就是这样特立独行，除了他自己，他既不会给予别人任何东西，也不会向任何人索取一点一滴。

爱啊，他既不占有任何人，也绝不会被任何人所占有。

因为，爱，已经在爱中满足了。

5

所以说，当你有了爱的时候，请你千万不要说"上帝在我的心中"，千万要说"我在上帝的心里"。

千万不要以为你自己能够指引爱的旅程。

实际上，只有爱会指引你、引导你，如果爱觉得你值得他去引导的话。

爱是这样奇特，他除了完美自己，没有其他任何目的，任何欲求。

所以说，当你开始爱的时候，肯定会伴随着各种各样的愿望，那么，就请你把以下这些作为你的美好愿望吧：

把自己融化，变成一条缓缓流淌的溪流，在雾气漫漫的春夜里吟唱着小曲；

去充分感受那些过分的温柔所给你带来的苦痛；

去接受那些过分的溺爱给他们爱着的你所带来的损伤；

希望你自觉自愿地任你的鲜血欢畅地流淌；

凌晨醒来时，让我们带着一颗长着双翅的心儿，满心满意地去谢谢这充满着爱的又一个白天；

中午休息时，让我们深深地沉浸在这爱的温暖怀抱中；

日落时分，我们怀着感恩之心走在回家的路上；

晚上睡觉前夕，你的心要为你爱着的人祈祷，让温暖的嘴唇间荡漾着甜美的歌儿。

婚 姻

1

梅特拉又请教道：先生，什么是婚姻？在婚姻方面你有哪些指教呢？

穆斯塔法稍一沉思，然后回答说：

你俩的爱同时萌生，之后就要像一个人一样，相亲相爱到地老天荒。

一直到死神的双翼把你们都带走，离开了人世间的快乐岁月，你俩仍然要像一个人那样在一起。

当然，当你们在默默回忆上帝之爱时，你俩仍然要在一起。

可以肯定的是，尽管要求你俩像一个人一样相亲相爱，但你俩之间一定会有隔阂。

那么，让天上飘来的风儿，在这隔阂造成的缝隙间起舞吧。

2

婚姻中的两个人一定要彼此爱着对方，但不要让爱变成束缚另一方的枷锁；

而要让爱成为两个人灵魂之间汹涌澎湃的爱情之海。

你们要相互递给对方一个盛满爱的杯子，但不要在同一个杯子中吸吮爱的琼浆。

你们要互相递赠最香甜的面包，但不要分食同一个甜饼。

你们应该一道唱歌，一起跳舞，共同娱乐，但要各人做各人的事，相互间有独立的空间；

要知道，琴弦上的每根弦都是各自绷紧的，尽管他们共同弹奏的是一个音符。

3

两个相爱的人，一定要心心相印，但却不应该相互占有。

因为只有相互信任的"生命"之手，才能包容相爱的两颗心。

要肩并肩地站在一起，但却不应该时刻紧紧地贴在一起。

要知道，即便是神殿里的一对柱子，也是分开站立着的。

橡树和松树，也不会在对方的树荫下生长。

子 女

1

有一位怀抱着孩子的妇女请求道：请给我们说说子女的事情吧。

穆斯塔法看了一眼她怀中的孩子，慈祥地说：

你们的这些孩子，说开了，他们其实并不属于你们。

他们实际上是"生命"对自身的渴望，然后诞生的孩子，他们是"生命"的子女。

他们借着你们的身体来到这个世界上，实际上却不是来自你们。

尽管他们与你们天天在一起生活，但他们却从来没有属于你们中的任何一个人。

2

你们可以给予他们各种各样的爱，但你们却不能固定他们的任何思想。

因为他们是独立的，他们有他们自己的思想。

你们可以呵护他们身体的成长，却无法控制他们灵魂的形成。

因为，他们的灵魂将成为未来家庭的主宰，你们是无法走进他们未来家庭的，哪怕是在梦中或在想象的天空里。

你们可以改变自己，以适应他们的思维方式，但你们切记不要有任何企图，以让他们像你们。

因为，生命是不能倒行、不能回头退步的，它甚至不可能停留在昨天。

打个比方说，倘若你们是一把弓箭，那么，你们的孩子正是从你们那把苍老的弓弦上飞速射出的箭头。

射手能够在似乎永无尽头的路上，看见前方清晰的目标。

射手会用尽自己的全部力量，将你们的这把弓弦拉到尽头，以便让箭头射得最快最远。

希望你们能够高兴地让你们的弓，在你们的大力拉动中弯曲再弯曲。

因为，他既爱那飞快地飞向目标的箭，也爱那似乎不太动作、默默无闻的弓。

施 予

1

有一个富翁向穆斯塔法请求说：能不能给我们讲一讲施予呢？

穆斯塔法看了看富翁的脸回答说：

当你向别人赠予你的财产时，那其实只是给予了很小很小的一部分。

只有敢于把你们自己献给其他人，那才能说得上是真正的施予。

因为，你的财产，实际上是你惧怕明天或许存在的需要，而提前保存起来的东西。

然而，我们的这种做法，活脱那只跟随人们前往圣城朝觐时的狗，狗在临行前把一块骨头埋在沙土里，还清除了埋骨的所有痕迹，然而，等到狗从圣城回来时，还会有一块果腹的骨头在等着他么？

所以说，除了需要本身，没有必要惧怕明天还有什么需要。

好比说，在你的井水充溢时，倘若你还担心哪一天会没有水吃，那你这样的干渴是永远无法解救的。

2

有的人富可敌国，却只拿出很少很少的一部分献给他人。

他们还常常标榜自己乐善好施。实际上，是他们心灵深处暗藏的欲念，葬送他们本来存在的善良的施予之意。

有的人没有多少财产，却慷慨地给别人捐出了全部财产。

因为，他们深知生命以及生命的丰富，这样的人，他们永远都不会担心哪天会没有了财富。

快乐地向别人施予财富，施予之乐就是他们收获到的最大报酬。

也有人不得不痛苦地给别人施予，那么，痛苦就是净化他们灵魂的灵丹妙药。

也有的人在向他人施予时，既不觉得痛苦，也不觉得快乐，因为他们不知道施予是一种美德。

他们的施予，就像开在那漫山遍野的桂花一样，不问缘由，只管把芳香飘向人间。

上帝就这样通过这些乐善好施者的手，告诉人们真善美，上帝借用乐善好施者的眼睛，将微笑洒满人间。

3

向开口求救的人给予钱财方面的帮助，当然是一种善举；但若没有向你求救，而你又知道需要帮助的人提供钱财，那才是好上加好。

对于乐于行善的人来说，主动寻找亟需帮助、救济的人，比随随便便施予更快乐。

对于一个人来说，你真的有什么必须保留的钱财物吗？

说开了，所有的一切，你最终有一天，都要给别人。

现在就去施予吧！让施予的时光永远伴随着你，而不是留给你的后人。

4

人们常说："我肯定会施予，但我只施予那些值得我施予的人。"

然而，你果园中的那些树木，以及你牧场上的那些悠闲的羊群不会说出这样的话。

因为勇于奉献，他们才能够得以生存，而拒绝奉献，就可能导致灭亡。

应该这样说，所有的值得享受白昼与黑夜施予的人，也都应该能够得到你所施予的所有财物。

所有值得从生活的海洋中获得水源的人，均应该能够从你的小溪中取水，以灌满他的水杯。

能够低三下四地去接受别人的施予也需要勇气、信心和善良，这同样也是一种美德，甚至可以说没有比这更伟大的美德了！

因为，你是一个和他们不相关的人，他们接受你的施予，就要向你敞开胸膛，袒露自己不愿示人的隐私，掀开自尊的面纱，让你看出他们赤裸的价值和无愧的尊严。

还是先察看一下我们自己，看看我们是否是一名合格的施予者，看看我们是否配做施予者中的一个组成部分吧！

所有的一切都是生命对生命的馈赠，你以为自己是施予行为的施主，其实你只不过是这一施予行为的见证者罢了。

5

你们，你们这些接受施予的人们，你们只是接受者，你们千万不要过分地感恩，背负沉重的负担。否则，就是给你们自己以及施予者套上了沉重的枷锁。

你们不如借助施主施予的财物的这个桥梁，和施主一道展翅高飞，共同发展。否则，人们便要怀疑以慈善的大地为母、以伟大的上帝为父的施予者是不是真的有慷慨仁义的情怀了。

饮　食

1

有个开饭店的老人请求说：麻烦你给我们讲一讲饮食吧！

穆斯塔法说：

我希望你们能够依赖大地散发出来的迷人香味而活着，如同空中的植物依靠阳光的供养就能延续生命。

既然你们一定要宰杀动物去当成食物，一定要从幼畜的口中抢夺奶汁以解自己的饥渴，那么，你们就努力让这成为一种祭拜方式吧。

让你们的餐桌成为一座庄严的祭坛吧！祭坛上那些来自平原和丛林中的纯洁、清白的动物食品，都是为了使人类变得更加纯洁、更加清白而牺牲的。

2

你在宰杀动物时，一定要在心里对它说：

"我今天拥有的宰杀你的权力，明天同样也会将我宰杀；我俩的命运都是一样的，最终都将同样地被更强大的力量所吞食。

"因为那些把你送到我手中的法规条文，也同样会把我送到更强大者的手中。

"你的血和我的血，最终都将是灌溉永恒之树的甘露。"

3

当你用牙齿去咀嚼一只精致的苹果时，你要在心里对苹果说：

未来你的细胞将在我的身体中生长、强壮、繁衍。

你重新成长的幼苗将在我的心中开花、结果、茁壮成长。

你迷人的苹果芳香将成为我呼吸的口味。

我将带着你，一同伴随着四季的更替，同欢共庆，共同幸福。

4

丰收时节的秋天，当你从葡萄园中采摘下刚刚熟透了的葡萄粒，准备将他们送往酒厂，榨汁酿制醇酒的时候，你要在心中默默地对葡萄说：

"我其实和你一样，也如同一棵葡萄树，我的果实也将和你的果实一样，也要被摘下来，送去榨汁、酿制醇酒。

"我的果实酿制成的酒，也将像所有的新酒一样，同样被存储在永远也装不满的那只永生桶里。"

寒冷的冬季，当你斟酒对饮时，请在你的心中为每一杯酒献上一首感恩的歌。

用你的歌声去赞美秋天，去感谢葡萄园，去回忆榨汁、酿制醇酒的每一个过程。

劳　动

1

有一位农夫请求说：请你给我们谈谈劳动吧。

穆斯塔法高兴地回答说：

你劳动，所以才能与大地和大地的灵魂一道发展、升华。

因为，一个懒惰的人终将被时代所淘汰，成为时代大潮中的陌路者，澎湃生命队伍中的落伍者，而生命的队伍正在迈着豪迈庄严的步伐，高傲而顺利地向着永恒的未来迈进。

愉快劳动时，你就是一支芦笛，从你心中吹出的时光低语，将幻化成为悠扬的音乐。

在万物齐声高歌之时，你们当中有谁会愿意做一支不出声的哑芦笛呢?

2

你们也许会听见有些人这样说：劳动让人生厌，让人痛苦，劳动是一种灾难。

那么，我要告诉你们说，你们劳动的时候，就实现了大地深远梦想的一部分，在那梦想全部实现之前，这部分责任就已经分配给了你们。

你们持续勤奋劳动时，就是真正地实践了对生命的炽热挚爱。

通过劳动实现对生命的热爱，便彻悟到了生命的真正价值。

而当一个人成天感觉到的只是生活的疾苦的时候，他就会把出生看成人生苦难的开始，把维持生命成长看成是写在额头上的诅咒，如果是这样，那么，我要告诉你们说：只有用你们额头上不断渗出来的汗水，才能洗掉这些写在你们额头上的诅咒字句。

3

常常也有人会这样对你们说，人生是暗无天日的苦难，这句话导致你们在过度疲倦的时候，常常跟疲惫者们一样，重复他们所说的那些消极的话语。

我要告诉你，如果人生没有希望，没有对未来的憧憬，生命的确是黑暗的，了无生趣的；

一个人如果没有知识，所有的希望都是盲目的；

一切知识如果不和劳动相结合，这些知识都是中看不中用的，甚至是没有一丝一毫用处的；

所有的劳动，如果没有爱心相伴，这些劳动都是机械枯燥和无趣的；

只有你怀着一棵爱心去劳动时，你才与你自己、与他人、与上帝紧密地融合为一起。

4

怎样才算是带着一颗爱心去工作呢？

正如同从你心灵深处抽出丝线，用这种丝线织布缝衣，把这件你亲手织就的衣服送给你最爱的人去穿。

正如同你欢欢喜喜地建成房子，等待你心爱的人来住。

正如同你心怀喜悦地播种、开开心心地收获，迎候你所喜欢的人来吃饭。

正如同把你人生的感悟灌输到你所制作的一切物品之中。

你应当知道，你的所有正直有福气的先人们，都在你的头顶上，远远地注视着你的所作所为。

5

我似乎经常听到你们梦呓般地说：

"用石头雕刻自己形象的人，要比耕地的农民品位高很多。

"记下彩虹形象，把彩虹形象地画在画布上的人，要比编织草鞋的人品位高很多。"

我却要告诉你们，不是在没有睡醒的梦中说的，而是在正午完全清醒时说的：

风对高大橡树说话的声音，并不比对脚下土地上最小的草叶更温柔甜蜜。

只有那些满怀爱心，把风声变成甜美温柔歌声的人，才是高大伟岸的人。

6

劳动是人类眼睛能够看得见的爱。

如果你不是开开心心地去劳动，只是带着厌恶心理去劳动，那还不如扔下工具、放弃劳动，坐到庙门口，去等待那些高高兴兴劳动的人们给你的施舍。

如果你漫不经心地去制作面包，那么你烤出来的面包将会变成苦面包，只能使人半饥半饱。

如果你勉为其难地去压榨葡萄，取汁酿酒，那么你的怨恨就犹如在葡萄里渗进毒液。

假如你的歌喉能唱出天使般的声音，但你却不喜欢唱，那就相当于堵塞了人们的耳朵，使他们白昼和黑夜里，都享受不到美妙的歌声。

哀　乐

1

有一位女子请教说：能不能给我们讲一讲快乐和悲哀？

穆斯塔法缓缓地看了一下四周，对大家说：

如果揭去面具，你们的快乐实际上是你们真切的悲哀。

那口供你们获得快乐的水井，里面充满了你们很多的泪水。

万事万物无不如此！

悲哀在你们的心中刻的痕迹越深，你们能容纳的快乐就会越多。

你们用于聚餐喝酒的酒杯，不就是那些陶工在火窑中烧制而成的吗？

使人们心旷神怡的那把琴，不就是利刃一点一点镂空的那棵树木吗？

当你们开心快乐时，在你们的心灵深处，你们会发现，现在带给你快乐的，正是昔日带给你悲哀的。

当你悲哀烦恼时，回过头来重新观察你昔日的心境，你会发现，当初带给你快乐的，今天又给你带来了悲哀忧愁。

2

有些人认为："快乐远远大于悲哀。"

另一些人则认为："悲哀远远大于快乐。"

但我不这样认为，我要告诉你们，悲哀和快乐是一体的，互相是不可以拆分的。

悲哀和快乐常常一同来到，他们其中一个与你同桌聚餐时，另一个或许正睡在你的床上。

应该说，你们的人生就像一架摇摆于悲哀和快乐之间的天平，两边的盘子分别装着悲哀和快乐。

只有当你们心无杂念时，天平才能平衡，悲哀和快乐这两个盘子才能稳定起来。

当金库保管员把你举起来，用你来称量他金银的分量时，你的悲哀与快乐肯定就会升降起伏了。

房 屋

1

有位泥瓦匠走到台前说：麻烦你给我们讲一讲房屋吧。

穆斯塔法说：

如果你计划在城中建造一所房子，这之前请你跑到没有人烟的地方去大胆地想象一下，想象在旷野建造一个草房。

因为，当你黄昏有家可归时，你那在遥远、荒凉天际漂泊流浪的灵魂，也应该有一个归宿、寄托的地方。

房屋是一个人的更大的躯壳。

房屋和人一样，也会在阳光照耀下生长，也会在深夜里睡眠，而且在睡眠中不会没有梦呓。

你以为你的房子不会做梦吗？不！它也和你一样会做梦，也会在梦中离开城市，也会登上高高的山岭，也会步入广阔的丛林。

2

我希望我能够把你们的房屋抓在手中，就像农民播种那样，把你们的房子撒在平原上，撒在丛林里。

我希望山谷成为你们的都市街道，林中小道成为你们房屋间的小巷，我希望你们人人可以穿过葡萄园，去拜访朋友，会见亲戚，衣衫上残留着大地的芳香、葡萄的清醇。

不过，这一切一时还难以实现。

你们的祖先出于对大自然的恐惧，把你们尽量聚集在很近的地方。这样的恐惧肯定还得存在相当长的一段日子。

你们的城墙将会在很长的一段时间里，仍然要把你们的房子与你们的土地区分开来。

3

奥法利斯城的人们啊，请你们告诉我，告诉我在你们的房子里，究竟有些什么物品？你们每天紧锁着大门，守护的又是什么物品呢？

你们有安宁吗，就是那些显示你们力量的温柔动力？

你们有回忆吗，就是那些连接人们心灵峰峦之间忽闪忽见的桥梁？

你们有美吗，就是那些把你们的思想从木雕石刻的建筑物上引上神圣山峰的东西？

告诉我，你们的房子里拥不拥有这些？

也许，你们的思想里只有舒适以及追求舒适的欲望。这种说不清道不明的诡秘之物，已悄悄成为你们房子的客人，很快就反客为主，成为房子的主人。

可悲的是，他很快就变成为驯兽者，以诱饵和皮鞭及你们更大的欲望，把你们变成为他手中的玩物。

他的手柔弱如丝，他的心却坚如钢铁。

他让你舒服地入睡，只为站在你们的床边，嘲讽你那身体的尊贵。

他嘲讽你们健全的意识，把它们像易碎的器皿一样丢在蓟绒下。

应当说，那些诡秘的东西刺激起人们追求舒服的惰性，扼杀了人们灵魂深处对勤劳的热爱，这之后，他还嬉笑着跟在为你送葬的殡仪队中行走。

4

但是，你们是太空的儿女，你们不应该在舒适宁静的环境中安下心来。

你们不应当陷入舒服的罗网，不应当被舒服所驯服。

你们生活的房子不应当成为你们的人生之锚，而应当成为一面迎风升起的桅杆。

你们的房子不应当成为遮掩伤口的闪闪发光的薄膜，而应当成为保护眼睛的那一道睫毛。

你们不应当因为走进家门就收起奋飞的翅膀，也不应当因为担心碰着天花板就成天低着头颅，更不应当担心墙壁崩裂坍塌连呼吸也小心翼翼。

你们不应当生活在那些已经死了的人为活着的人建造的坟墓里！

无论你们的房子多么宏伟豪华，实际上它们都无法隐瞒你们的任何秘密，更无法隐藏你们心中的任何愿望。

因为你们骨子里的无穷性居住在天宫里，那遥远的天宫以清晨的薄雾为门，以深夜缥缈的歌声以及四周的一片寂静为窗户。

衣　服

1

有一位纺织工请求说：请给我们讲一讲衣服吧。

穆斯塔法回答说：

你们身上的衣服，遮掩去你们许多美好的东西，但却无法遮住你们的丑陋灵魂。

你们虽然可以在你们的各式各样的衣服里，寻找到不可示人的隐秘自由，但却同时也找到了束缚灵魂自由的桎梏和枷锁。

我真心希望，希望你们多用自己的肌肤而不是华丽的衣服去迎接阳光和清风。

因为，生命的气息来源于太阳光照，生命的成长来源于风风雨雨。

2

你们中有些人这样说："是北风为我们织就了身上穿的各种衣物。"

我要对你说："你说得对，的确是北风让你们穿上了衣服。"

但它是用羞怯为纺织机，以柔弱的肌腱作纱线，刚刚织好衣服，便大笑着在丛林深处兴高采烈。

千万要记住，羞怯是挡住不洁眼光的盾牌。

如果没有了这些不洁眼光，那么，羞怯不就成了你们心灵的桎梏和污染剂吗？

千万不要忘了，大地最喜欢感触你们光裸的双脚，风儿最希望轻抚你们飘飞的长发。

买　卖

1

有一位商人请求道：请给我们讲一讲买卖方面的学问吧。

穆斯塔法说：大地给你们贡献了甜美的果实，如若你们不懂得珍惜，你们就不要捧满一双手了。

你们依赖大地的无偿馈赠进行物质交换，从而获得了富裕的生活，并且收获了心灵上的慰藉。

然而，这种交换如若不在充满爱心和公平的基础上完成，其结果一定会造成有些人贪得无厌，有些人穷困愁苦。

2

在集市上，当你们这些在海洋上、农田中或者在葡萄园里辛勤劳动的人们，遇见了纺织工、陶泥匠和采集香料的商人时，一定要共同祈求主宰大地的主的精神来到你们身边，为你们圣化度量衡器和交易核算的计价法则。

千万不要让那些空着手的游手好闲的人们参与到你们的交易之中，因为他们会用谎言来哄骗你们辛勤劳动的果实。

你们要坚定地对这些空手而来的人说：

"来吧，和我们一起，走进田间，或者同我们的兄弟一起，到大海上撒网捕鱼吧；

"因为土地和海洋，对你们也会像对我们一样慷慨大方，毫不吝啬。"

3

如果在集贸市场上遇到歌者、舞者和吹笛子的人，请你们也要同样慷慨地买下他们提供的产品。

因为，他们和你们也是一样的，也要像你们采集果实和乳香那样付出辛勤的劳动。

他们给你们带来的，虽然不是实实在在果腹的产品，看上去都是梦幻般的产物，但却是滋养你们心灵的衣服和食品。

4

当你们即将离开市场时，一定要看一看，不要让任何一个人空着手离开。

因为，主宰大地的主的精神，只有在你们所有人的需求都充分获得满足时，他才会在那轻柔的风中安眠，快乐地进入梦乡。

罪和罚

1

有一位本城的法官走到台前，请求说：麻烦你给我们讲一讲罪和罚吧。

穆斯塔法说：

当你们的灵魂在无垠的空中随风飘零、四处流浪的时候，你们孤独、寂寞，从而在没有思考的情况下，不慎错待了别人，同时也错待了你们自己。

由于犯了错误，你们只能去有福之人家敲门，并且可能会遭遇怠慢、轻忽，甚至会受到冷落。

2

你们所有人的精神世界都像汪洋大海一样波澜壮阔，一直纯洁无暇、一干二净。

又像那居于高空上层的以太，只帮助有过硬翅膀的人们在蓝天翱翔。

你们的精神世界也像那不停运转的太阳一样，既不认识鼹鼠们行走的路，也不寻找蛇虫们爬行的洞穴。

然而，你们的精神世界并不仅仅存在于你们的肉体之中。

这些从你们肉体上生长出来的精神，有一大部分是属于人性范畴的，还有很多超越了人性。

那些超越人性的精神，像一个个没有成形的侏儒，他们常常在你们的睡梦中梦幻般地行走，寻求自己的醒悟。

我现在所要说的，就是你们的精神世界里的人性，因为，只有它才真的懂得罪和罚，而不是你们的精神世界，更不会是那些超越人性的精神侏儒。

3

我经常听到你们指责某个犯了错误的人，像他和你们不是一个圈子里的人，而是一个贸然闯入你们圈子里的陌生来客。

要让我来说，即便最圣洁或最善良的人，也不可能高过你们心中最美好的理想。

同样来说，那些犯错的和懦弱的人，也不会比你们每个人心目中的最坏的人还要坏。

就像那一片小小的树叶，没有得到整棵树的同意，它不会变枯变黄。

同样地说，那些作恶多端的人，如果不是得到你们大家无形中的暗自怂恿，他是不可能如此作恶的。

正如同你们行走在一个队伍中，你们肯定都有一个共同的理想。

你们有一个共同的目标，你们也一同为这一目标的实现奋力向前奔跑。

这时，如果你们之中有一个人跌倒，那么可以说，他是为后面的人而摔伤的，因为，他摔倒了，就告诫队伍中的其他人，使他们能够避开前行道路上的绊脚石。

所以说，他是为你们其他人而摔倒的。你们虽然走到了他的前面，每一步也坚定沉稳，但你们却没有搬走那块绊脚石。

4

我还有话要告诉你们，尽管这些话会让你们心情更加郁闷：

被杀害的人对于自己被他人杀害，不能说没有一点责任；

被抢劫的人对自己被抢劫，也不能说没有一点责任；

正直不违法的人，在犯错的人的丑恶行为面前，也不能说没有一点责任；

清清白白的人，在犯罪的人的罪恶里，也不能说没有一点牵连。

从某种意思上看，罪犯有时也可以说是受害人的牺牲品。

被判刑的人，有时候也可以说是替那些没有罪过的人，或者没有遭受处罚的人承担了罪责。

你们千万不要把公正与不公、至善与邪恶分离开来；

因为他们一同站在太阳下，就像黑线和白线编织在一起织就的布匹。

织布时，黑线断了时，纺织工人就要检查整匹布，还要检查纺织机有没有故障。

5

如果你们当中有某个人要把对丈夫不忠诚的妻子送进法庭，那么就请你们把她丈夫的那颗心也放到天平上称量一下，并用尺子量一下他的灵魂的长短。

让那些心中想鞭笞犯罪的人，先察看一下那些受伤害者的精神世界。

如果你们当中有人以社会正义的名义去砍伐一棵罪恶之树，那就请你们挖出树根，细心观察树根的模样。

你们将会发现，善根和恶根、不育的根和旺盛的根是彼此相互交织、相互纠缠在一起的。

你们这些寻求公正、力争公平的法官们哪，对于那些外表忠诚正直，但内心丑恶奸邪的人将如何处置呢？

对于那些伤害他人肉体，自己精神受到巨大摧残的人又怎样惩罚呢？

你们如何起诉那些自己刁滑、暴戾，行为有欺骗性质，之后又被伤害和虐待的人呢？

6

如何惩罚那些忏悔醒悟远远大于所犯错误的人呢？

忏悔醒悟不正是人们最信奉的法律所要追求实现的目的吗？

然而，你们是不可以把忏悔醒悟强加于清白无罪人的身上的，也无法使犯罪之人免受忏悔醒悟的煎熬。

它将在黑夜里自动唤醒梦中的人们，让清醒了的人们在床上检讨自己的行为。

你们这些试图主持公道的人们，如果不在一片光明之中细心察看所有的行为过程，你们盼望的公道正义又怎么才能实现？

只有到那个时候，你们才能清楚，那站着的人和倒下的人，实际上是同一个人，一个是倒在黄昏时分侏儒性黑夜里的人，一个是站在神性白昼里的人。

你们才会晓得，那殿宇的角石，并不比殿宇地基里最不值钱的石头更尊贵。

法　律

1

一位律师请求说：大师，关于我们关心的法律，你有何指教呢？

穆斯塔法回答说：

你们十分喜欢立法，然而，你们更喜欢破坏法律。

如同那些在海边玩耍的儿童，他们十分认真地用沙子搭建沙塔，然后又嬉笑着把刚刚搭建的沙塔破坏。

不过，在你们搭建沙塔的时候，海浪又把更多的沙子推到海滩上；

而你们破坏沙塔时，大海似乎也同你们一起开心欢笑。

的确，大海总喜欢和纯真烂漫的人一起欢乐开怀。

2

对那些并不把生命视为大海，也不把人们制定的法律视为沙塔的人，应该怎样办呢？

对那些把生活看成为石头，把法律看成为刻刀，以自己的形象为原型，在石头上雕刻的人，怎么处置呢？

对那些恨透舞蹈家的跛子，又怎么办呢？

对那些喜欢控制、束缚，常把森林中的麋鹿指认为迷途、流浪、颠沛的牛崽的公牛，又应当如何处置呢？

对那些年老的没有力气蜕皮，却称除自己之外的其他虫豸为赤裸、不知羞耻的老蛇，又怎么办呢？

对那些早早来到婚宴酒席、酒足饭饱后宣称一切宴会都是犯罪，所有参加的人都是在犯罪的人，又怎么办呢？

对于这样的人，除了说他们站在太阳下，却背对着太阳外，我还能说他们些什么呢？

他们每时每刻看到的都是自己的影子，对他们来说，自己的影子便是他们制定的法律。

对于他们来说，太阳不就只是一个影子的投影者吗？

他们承认法律，不正如那些弯曲着身子，在地上寻觅自己在太阳的照射下，投在地上影子的人一样吗？

3

你们这些面对着太阳行进的人，被太阳照耀后投射到大地上的影子，你们自己怎么能够捕捉到呢？

你们这些随风行走的人们，哪种风向标能为你们指引前进的方向呢？

如果你们不在他人囚室门前砸碎你们手中的镣铐，那么，那种由人制定的法律，又怎么能束缚你们自己的行为呢？

如果你们开心狂舞，只要不碰到任何人的枷锁，你们干嘛还要怕其他任何人制定的法律呢？

如果你们脱光自己身上的衣服，也没有把它丢弃在有人行走的道路上，又有谁能够把你们送上法庭去受审呢？

奥法利斯城的人啊，即便你们能够掩住锣鼓的声音，能够让琴弦放松休息下来，但是你们有谁能下令，让天上飞的云雀停止它那美妙的歌唱呢？

自 由

1

有一位演说家请求说：请你给我们讲一讲自由吧。

穆斯塔法答道：

我经常看见，你们在城门边和自家的炉火旁，五体投地、顶礼膜拜你们自己的自由自在，就像那些奴隶，在虐待他们的暴君面前低声下气，为欺压他们的暴君吟唱颂歌。

2

在寺庙的丛林中，在城堡的阴影里，我经常看见你们当中最自由的人，像戴着枷锁那样穿戴着自己的自由。

我的内心深处在滴血；因为，只有当你们觉得找寻自由的欲望也是一种人生束缚时，只有当你们不再把自由当作你们人生追寻的目标或者成就时，你们才是真正的自由人。

当你们的白天并不是没有一点忧愁和顾虑，你们的黑夜并不是没有希望和悲伤时，你们是自由的。

不过，当忧愁、顾虑、希望和悲伤这些事物充满你的人生时，你们却能毫无拘束地超脱它们时，你们更是自由的。

3

如果不是在你们自己知道的黎明时光里，砸碎捆绑你们朝气的锁链，你们怎么可能超越自己的白天和黑夜呢？

实际上，你们所谓的自由，正是最坚牢的锁链，虽然那链环在阳光下放出迷人的光彩，让人眼花缭乱，眼光迷离。

你们希望抛弃，以换取自由的东西，不正是你们自身重要的组成部分吗？

倘若那就是你们想要废除的法律，这法律正是你们亲手写在你们自己的额头上的。

即使你们用火烧掉这些你们亲手写的法典，或者倾整个海洋的水来冲刷那些写在法官们额头的法律，实际上你们再也无法将那个法律抹掉。

如果那是一位你们想废黜的罪恶累累的暴君，那也要先看看他竖立在你们心中的宝座有没有被毁掉？

因为，如果他们的自由里没有专制，他们的尊严中没有羞辱，暴君是无法统治追求自由和尊严的人的！

如果这就是你们想要摆脱的焦躁，那么，这焦躁也是你们自己选择的，不是其他人强加到你们头上的。

如果这就是你们希望赶跑的恐惧，那么，这个恐惧其实已经深深地扎根在你的心灵深处，而并不是掌握在你所惧怕的人手中。

4

在这个世界上，期盼与恐惧、厌恶与珍惜、追寻与回避，几乎所有的这一切都是相依相伴共生在你们体内，如同光和影一样，始终紧紧相随。成双成对，永不分离。

当这片阴影消失时，遗留下来的光，又将变成为新的光的一道阴影。

你们口中说的自由就是如此这样：当这一自由挣脱了它欲摆脱的桎梏后，它本身也变化为新的、更大的桎梏。

理性与热情

1

那位女祭司又开口问道：请你给我们讲一讲理性与热情吧。

穆斯塔法回答说：

你们的心灵就像是一个战场，在这个战场上，你们的理性和判断，时刻在和你的热情、欲望进行较量、角力。

我多么想成为你们心灵和平的调解人，将你们心中那些对立、争斗、矛盾的成分，调解成彼此协调、和谐一致的共同体，同频共振。

但是，除非你们心灵的各方致力于和平共处，追求相互包容，各种成分追求互惠互利、相互促进。如果没有这一前提，我又怎么能做到呢？

2

你们的理性和热情，是你们那驰骋在碧波大海上的灵魂的舵和帆。

倘若舵损毁了或帆被吹倒，灵魂之船只能在海面上曲曲扭扭地行走，或者干脆停留在水面，任海浪把船推向东西南北。

因为，一旦理性独自当权，理性就会禁锢你、束缚你；而一旦热情独掌了大权，放纵的热情便会燃起熊熊烈焰，毁灭自我。

所以，就让你们的灵魂，带着理性飞升到热情的最高点，一直到理性放声歌唱。

也让你的灵魂，用理性规范热情的发展趋向，这样，你们的热情才能保持持久旺盛的生命力，才能像不死鸟一样，浴火燃烧，向死而生，在火中燃烧至重生重现，然后从自己的灰烬中重生、腾飞。

但愿你们将自己的判断和欲望看成你们家中的两位尊贵客人。

希望你们能够平等地对待判断和欲望，切不可重此抑彼、不同看待，因为如果过分偏重于其中一方，你就会失去两位客人的热爱与信赖。

3

在远方的大山丛林中，当你坐在白杨树的树荫下，享受来自山野、森林和小草带来的清新安逸时，请你们在心中反反复复地默念："上帝的灵魂，静静地安息在理性之中。"

当风暴刮来的时候，狂风把树木刮得东倒西斜，雷电宣示苍天的威严和能力。这个时候，请你敬畏地默念："上帝的魄力，威武地显示在热情之中。"

既然你们是上帝管理范畴里的一个部分，也是上帝庞大森林里的一片树叶，那么，你们也应该像上帝那样，安息在理性之中，显示在热情之中。

痛 苦

1

一个愁眉苦脸的妇人请求说：请给我们讲讲痛苦吧。

穆斯塔法说：

你们的痛苦，乃是因为裹着你们的知识的外壳破裂了。

这就正如果核碎裂，才能将果仁露到太阳光下一样，你们必须经历痛苦才能成长。

如果你们每天都能够为出现在你们面前的生命奇迹而雀跃，那么，你们的痛苦将与你们的快乐一样奇妙；

你们将会像习惯接受田野上经历的春夏秋冬四季变化一样，乐于接受你们心灵上的季节变换。

于是，你们也就会悠然自得地看待你们那寒冷的冬季。

2

你们的痛苦，大多数是你们自己选择的。

它是你们身体里的医生，是医治你们病躯的苦药。

因此，请你们要信任这个医生，放心地服下他开的药剂。

因为，尽管他的手有点沉重，有些坚硬，但却有一只高深莫测的手温柔地指引着他的行为。

他为你奉上的杯子，尽管有可能会灼烫你的嘴唇，但这个杯子却是上帝用自己的神圣泪水，打湿了陶土而制作完成的。

自 知

1

有一个男子走上前去请教说：请给我们讲一讲自知吧。

穆斯塔法说：

你们的心在不知不觉中领略了白昼和黑夜更替的秘密。

然而，你们的耳朵却期盼能够听到你们心中已经获得的知识。

你们想用语言来求证你们不知不觉中已经掌握了的知识的奥妙！

你们希望能够用自己的手指去抚摸你们梦想中的一丝不挂的躯体！

2

这正是你们应该做的啊！

深藏在你们灵魂中的涌泉肯定会溢出来，小声地歌唱着，流向辽阔的海洋。

你们内心深处的宝藏，一定会在你们眼前显露出来。

但是，切莫用天平去称量你们那自己尚未清楚的财富，也不要用标尺竿或者绳子去测量你们内心深处所拥有知识的深浅。

你们要知道，自我是浩瀚天边、没有边界、不可丈量的汪洋大海。

3

千万不要说"我寻找、发现了真理。"

而应该说"我寻找、发现了一条真理。"

也不要说"我找到了灵魂行进的道路。"

而应该说"我遇到了在我的道路上行走的灵魂。"

因为，灵魂在所有的道路上行走、漫步。

灵魂并不仅仅在一条直线路上行走，也不像芦苇那样成长。

灵魂啊，它像荷花那样开花，花瓣无数。

教 育

1

之后，有一位教师请求说：请给我们讲讲教育吧。

穆斯塔法讲解说：

没有任何一个人能够给你什么启迪，除了那半睡半醒着躺在你们知识晓光里的东西。

在圣殿的阴影里，那行走在弟子们中间的教师，他所传授给弟子们的，实际上并不是他的智慧，而是他的信念和宽厚仁爱。

倘若他真是大智慧者，他就不会引领你们进入他的智慧空间，而应该引导你们走向自己的心灵空间。

2

天文学家或许能够向你们讲解他对宇宙空间的理解，然而，他却无法把他如何获得这种理解的过程全部教授给你。

音乐家或许可以为你们唱出那声震四方的美妙歌曲，但他却无法把他那捕捉这韵律的耳朵以及他应和这韵律的歌喉给予你。

通晓数学的人，或许可以给你们讲清楚度量衡的使用原理，但是，他却无法引导你们走入数学天地，成为数学家。

因为，一个人的洞察能力犹如鸟儿的翅膀，它是无法借给他人的。

就如同上帝对你们每个人的了解都是各不相同的，所以你们每个人对上帝和世界的认识及了解也就千奇百态，各不相同。

友 谊

1

有一位年轻人说：请给我们讲一讲什么是友谊吧。

穆斯塔法说：

你的朋友，是能满足你所有或部分需求的人。

朋友是你的土地，你在他这片土地上怀着爱心播撒种子，带着谢意收获果实。

朋友是你的餐桌，也是你的火炉子。

因为，你饥饿时就想到要奔向他，从他那里寻求到安逸宁静。

2

当你的朋友向你坦露心中的秘密时，你既不担心向他说"不"有什么不妥，也不害怕向他说"是"有何失当。

当你的朋友一言不发时，你的心仍然会倾听他无言的衷肠。

因为在友谊的天空里，所有的思想、所有的愿望、所有的期盼，都是在默默无言之中共同产生，也是在默不作声中共同分享。

在你与朋友分别时，千万不要惆怅。

因为，朋友的可贵之处是：当他不在你的身边时，他身上最让你喜爱的优点将会更加显露，就像登山者从平原来到山地看山峰，山峰显得更加伟岸而清晰。

除了深化精神境界的交往之外，千万不要对你们的友谊抱有别的目的，另有他图。

因为，那种只寻求自己一个人满足的爱，并不是真正的爱，而是撒下的一个大网，这样的网，只能网住一些了无生趣的东西。

3

把你最好的东西，送给你的朋友。

假如朋友必须知道你人生的落潮，那么，也要让他知道你人生的涨潮。

那么你为填满空暇时间而联系的人，怎么能算你真正的朋友？

你要在自己踌躇满志时找朋友共享生命的宝贵时光。

因为，朋友绝不是为了填补你空虚的心灵，而是为了填满你心灵的需要。

友谊的最好境界是：共同欢笑和共同快乐。

因为即使在那最细小的露珠中，心也可以寻找到属于自己的清晨，进而生龙活虎起来。

言 语

1

有一位学者请求说：请给我们讲讲言语吧。

穆斯塔法回答道：

当你们无法与自己的思想和睦相处，发生争论时，你们的心中就会涌出很多言语，要向别人倾诉。

当你们的心无法忍受孤独寂寞的生活时，你们的言语就会多起来，经常挂在嘴边，这时，声音就逐渐成为消磨时光的工具，或变成一种娱乐。

在你们不断涌出喉咙的言语中，有一半的思想会被扼杀。

因为，思想是一只在天空中翱翔的天空之鸟，在语言的牢笼中，或许能够展开欲飞的翅膀，但是却没有办法飞翔。

2

你们当中很多人，因为耐不住寂寞，便去找人聊天，慢慢地变为贫嘴人。

因为，在既孤独又寂寞的日子里，显露在他们眼中和心灵里的，是独一无二、赤裸裸的自我，于是，他们就会想方设法逃离这样的生活。

你们当中有些人，在没有考据，没有思考的情况下，口若悬河，力图告诉人们一条真理，实际上他们自己也并不懂得。

而另外一些人，把自己已经明白了的真理，悄悄地深藏心中，他们从来不会轻易用言语说出来。

在这些人的心目中，精神生活理应属于有韵律的静寂。

3

当你在路边或者在市场里碰见朋友时，请尽快用你的心灵，去启动你的双唇，引导你的喉舌去问候朋友。

让你用声音里的声音，去对朋友耳朵里的耳朵说话。

因为，朋友的精神世界里，会保留你用心告诉他的真理，正如同我们喝葡萄酒，当酒的颜色早已从脑海中遗忘时，当酒杯也早已被抛弃时，人们的舌头总会记得酒的清香。

时　间

1

有位天文学家说：大师，请给我们讲一讲关于时间的问题吧。

穆斯塔法说道：

倘若你们想测量那实际上不可测量也不可限量的时间。

倘若你们想按照时辰和季节安排你们的举止，甚至引导你们精神的前进的方向。

那么，请你们把时间看成一条缓缓流淌的小溪流，坐在溪边的草地上，静静地看着水流不断前行。

2

然而，你会发现，你们内心盼望的无限，面对的却是生命的有限。

你们还会发现，昨天正是今天的回忆，而明日不过是今天的梦想。

你们内心所高歌的和所思考的，仍然处于将星星撒满天宇的那最初一刻的地步。

你们当中，谁都会感觉得到，爱的力量实在是没有止境，且无限巨大的！

当然，谁都会知道，爱虽然没有止境，但爱仍从属于人的思想，听从人的指挥，他不会从一种爱的思想转到另一种爱的思想，也不会从一种爱的行为转到另一种爱的行为中。

3

时间和爱一模一样，他既不可分割，也没有一丝一毫的间隔。

假如你们想把时间也都分成多个季节，那么，就请你们把分成的季节再分成几个季节。

用今天的回忆去紧紧拥抱逝去的昨日，用今天的希望去紧紧拥抱梦想的明天！

善　恶

1

有位居住在城里的老人请求道：请给我们讲讲善恶吧。

穆斯塔法说：

我可以给你们说一说你们身上的善，但我却无法谈你们身上的恶。

因为恶，其实就是被自己的饥饿折磨得疲惫不堪的善啊！

确实，当善饥饿了时，它就会到伸手不见五指的山洞中去寻找可以饱腹的食物；当善口干了时，有时甚至去饮有毒的死水。

2

当你们与你们自身的追求相一致时，你们就是善良的。

当你们与你们自身的追求不相一致时，你们也不一定就是邪恶的。

因为，一间被分隔开来的房子，并不一定就是贼窝，它仅仅只是一间被分隔开来的房子。

一条船失去了舵，也许会在充满暗礁的群岛之间东漂西摇，但却不一定会沉入海底。

3

当你们不惜牺牲自身利益自我奉献的时候，你就是一个善良的人。

但是，当你们想方设法为自己谋求最大利益时，你们也不一定就是邪恶之人。

因为，你们在为自己谋求私利时，你们的做法就像树根，像树根那样深深地扎入土地里，用尽全力吸吮土地里的乳汁。

显然，果实是不会对树根说："你要像我一样，结出成熟、丰硕之果，永远奉献自己最甘甜饱满之果。"

因为，对于果实来说，给予是一种必然的需要，而对于树根来说，努力吸收土地里的营养成分是它的责任。

4

你们在完全清醒状态下说出你的观点，你们是善良的人；

但是，当你们在睡梦中，不自觉地随意摇动舌头时，说出各种奇话怪语时，你们也不是什么坏人。

即便结结巴巴、含混不清的话语，也能使舌头更加强健。

当你们甩开膀子，迈着坚定的步伐向目标前进时，你们是善良的人；

但当你们行动缓慢、蹒跚向前时，你们也不是什么邪恶之人。

因为那些跛足的人尽管行动不便，但他们仍是前行，没有后退。

你们这些身体强壮、步履矫健的人，请你们千万不要在跛足者面前跛行，自以为是对跛足者的同情和善意，其实不然。

在很多事情上，你们是善良的人，你们的善展示在多个方面。

然而，即便哪一天你们不做善事，那你们也不一定是邪恶之人。

说实在的，你们只是行动有点慢，有点追求散逸的生活罢了！

最遗憾的是，那些敏捷的麋鹿没有把飞奔的方法教给龟鳖。

5

你们的善良隐藏在你们对"大我"的追求中；你们每个人的内心深处都有这种急切的要求。

但是，在你们之中的一部分人的内心中，这种企盼如同一股激越的洪流，带着山丘的秘密和大森林的赞歌，欢快地奔向大海。

而在其他人的心中，这种企盼其实就像一条平缓的小溪流，弯弯曲曲地流淌，迟迟到不了海边。

请企盼丰裕收获的人，千万不要对渴求平淡生活的人说："你们的行动为什么总是如此迟缓？"

因为，真正的善良的人是不会问没有衣服穿的人："你的衣服放在什么地方？"

也不会问一无所有、无家可归的流浪汉："你家的房子怎么样？"

祈 祷

1

一位女祭司随后请求说：请给我们讲一讲祈祷吧。

穆斯塔法答道：

你们总是在悲戚伤感时，或者有需求时才祈祷。

我希望你们在心中充满欢乐喜悦，生活富有充裕的时候也能够祈祷。

2

祈祷实际上就是让你们的个人精神、想法向生命的天空延续。

如果你们发现，向天空吐露个人心中的难言之隐和不快乐是一种安慰和纾解，那么，你们向天空倾吐开心的时光和故事也会是一种快乐和欢悦。

如果你们的灵魂要求你们祈祷时，你们只是哭个不停，灵魂会在你们的哭声中反复鼓励、鞭策你，一直到你们喜笑颜开。

在你们祈祷时，你们的精神将升到云天空间，以便你们碰见那些同时祈祷的人们。

假如你们不祈祷，你们相互间将不会遇见。

所以说，你们更需要朝拜无形的圣殿，让祈祷成为祈祷人之间极度欢快和甜美的沟通的聚会吧！

3

如果你们进入圣殿只是求乞，只寻求帮助，那将不会被接受，将会一无所得，两手空空。

如果你们进入圣殿的目的，只为了进一步卑屈自己，那么你们的灵魂将难以提高。

即使你们是为其他人求吉利而进入圣殿，你们的请求也将不会被倾听。

其实，只要你们进入了那心中的圣殿，这就够了。

4

我无法教你们怎么用言语进行祈祷。

上帝是不会听你们任何言谈的，除非是那些上帝自己引导你们的口舌说出来的那些话语。

我也无法把有关大海、森林、山岳的祈祷告诉你们。

不过，你们这些生长在大海、森林、山岳的人儿，你们能够在你们的心中，寻找到它们的祈祷。

在静寂无声的深夜，只要你们恭敬地侧耳聆听，你们便可听到山岳、森林、大海的祈祷，听到他们在悄悄地说道：

"我们崇敬的上帝啊，你是我们那展翅高飞、施展抱负的灵魂。

"你的意志将在我们体内行使意志。

"你的愿望将在我们体内表达愿望。

"是你赐予我们的神力，将我们的黑夜转化为白昼；我们的那个黑夜是属于你管辖的，我们迎来的那个白昼也将是属于你的。

"我们不能向你请求什么，因为，我们起念之前，你已经知道我们的需求是什么，你洞悉着这一切。

　　"其实，你就是我们的需要。在你不断把自己恩赐给我们的时候，你实际上早已把这一切全都恩赐给了我们。"

欢 乐

1

有一位每年来该城一次的隐士上前请教说：请给我们讲一讲欢乐的真正含义吧。

穆斯塔法答道：

欢乐是一支自由自在的歌，

但它又不仅仅是自由自在。

它是你们的欲望盛开的花朵，

但却不是欲望结成的果实。

它是山谷向山顶的大声呼唤，

但它既不深沉，也不高耸。

它是被关在鸟笼中的那对欲飞的翅膀，

但却不是被包围了的一片天空。

应该说，欢乐就是一支自由自在的歌。

我希望你们全心全意地歌唱自由，

但却不希望你们在歌声中迷失自己的心灵。

你们中间有一些青年人，一味寻求欢乐，仿佛欢乐就是人生的一切，他们这样的做法理应受到批评与谴责。

我既不会批评他们，也不会谴责他们，而是鼓励他们，鼓励他们自己去寻找。

他们找到快乐之时，就会发现人生不仅仅只有快乐；

他们会发现，快乐有七个姐妹，其中最小、最不漂亮的一个妹妹，也比快乐美丽、大方和温柔。

你们难道没有听说过一个挖地找寻树根的人，却挖出了深埋在土中的无价之宝吗？

2

在你们当中有一些老年人，他们常常对自己没有能够享受到的快乐追悔莫及，仿佛是在追悔他们醉酒时所犯下的过错。

然而，懊悔只是让心灵更加迷茫，而不是对心灵进行惩处。

实际上，他们应该心怀感恩之心地回忆自己曾经拥有过的快乐，就像人们在丰收季节感恩夏季辛勤劳作的人们一样。

当然，假若追悔能够给他们的心灵带来宽慰，那么，就让他们去追悔吧，让他们的心灵得到安抚。

3

你们中间还有一些人，既不是追求快乐的年轻人，也不是处于回忆往昔状况中的老年人；

他们在回忆昔日的往事时，舍弃了所有关于快乐的片段，生怕自己忽视了对自己心灵的呵护，伤害了自己崇高的灵魂。

然而他们的成长过程一直离不开快乐，快乐与他们的成长紧密共生。

即便他们辛勤地用颤抖的手挖掘树根，有时候也会在土地中发现宝藏。

4

不过，你们谁能够告诉我，有谁会让自己的心灵受到伤害呢？

难道夜莺会让黑夜不再宁静，萤火虫会让繁星不再闪烁？

你们点燃的爆竹和炊烟能够让风不再咆哮吗？

难道你们认为自己的灵魂犹如一潭死水，仅用棍棒就能搅浑？

在你们拒绝承认追求快乐之时，只是将本能的欲望隐藏在你的灵魂最深处罢了。

谁能猜到今日遗漏了的事，明天会不会再碰到你呢？

就连你的身体也知道自己的天然本性，也知道自己的正当需求，谁都骗不了身体。

你们赤裸裸的肉体，便是你们灵魂的一架钢琴。

是弹奏出美妙悦耳的动人音乐，还是发出令人厌烦的纷乱杂曲，全在于你的心灵选择。

5

请你们现在就开始审视自己的灵魂："我们怎样才能分得清快乐及追求快乐过程中的善与恶呢？"

请你们走进田野和花园，到了那里，你们就会明白，你们会发现，蜜蜂的快乐就是不停地在花丛中采蜜。

而对于花儿来说，让蜜蜂把蜜采走，正是自己最大的快乐。

在蜜蜂的眼中，花儿是它的生命源泉。

在花儿眼里，蜜蜂是爱情的天使。

对于蜜蜂和花儿两者来说，奉献和接受的快乐，正是一种需求和狂喜的快乐。

奥法里斯城的居民们，在你们追求快乐的行程之中，我希望你们也要像花儿和蜜蜂一样，在奉献和接受中尽情地快乐。

美

1

有一位诗人请求说：请给我们讲一讲什么是美吧。

穆斯塔法回答道：

你们如何去寻找、发现美呢？如果美不自己主动成为你们人生路途中的向导，你们怎么才能找到美的踪迹呢？

除非美主动成为你们言语的编造者外，你们又如何才能谈论她呢？

被冤枉和伤害了的人这样说：

"美是慈爱的，也是温柔的，她就像一位漂亮年轻的母亲，带着豪迈心情，同时又半含着点滴羞涩，仪态万方地在我们中间行走。"

热情奔放的人说：

"不，美是极其强大而又让人害怕的，就像暴风骤雨一样，震撼着我们脚下的大地，摇撼着我们头顶的天空。"

乏力倦怠的人说：

"美是柔声和细语，她经常在我们的心灵深处和我们对话。

"她的声音常常在我们默默无语时围绕在我们周围，就像一缕微光，因为害怕黑影的强大而颤抖。"

充满活力的人说：

"我们已经听见美在那高高的山顶呼唤。

"紧随着美的呼喊声而来的，是马蹄踏地声、翅膀拍击声和雄狮怒吼声。"

夜间的守城者说：

"美将伴随着晨光，从东方地平线上升起。"

午间的劳动者和行路人则说：

"我们经常看到她斜倚在黄昏的窗口，眺望着远方的大地。"

寒冷的冬天被冰雪所困的人们说：

"她将跟随着春天的脚步而来，在群山和森林中欢欣鼓舞。"

盛夏里收割麦子的人则说：

"我们已经看见她正在拥着秋叶翩翩起舞，还看见她的发梢上装点着缕缕雪花。"

2

所有这些，这些你们对美的描绘，描绘的不是美的本身，而是你们自己本身曾获得满足的欲求。

实际上，美，并不应该是一种欲求，而应该是一种心醉魄迷的欣喜。

美，并不是一张张得大大的焦渴的嘴，更不是一只伸出来要钱要物的手，而是一颗炽热奔放的心，一个幸福快乐的灵魂。

美既不是你们想看见的那种样子，也不是你们想听到的那种歌声。

她是你们紧闭着眼睛才能看到的一种形象，是你们堵住耳孔才能听到的一种歌声。

美，既不是躲藏在枯皱树皮下的汁液，也不是挣扎于利爪下的飞鸟。

美是一座永远盛开着鲜花的花园，是一群永远翱翔在蓝天的天使。

3

奥法里斯城的人们啊，当生命揭开了神秘的面纱，露出她那圣洁神圣面容时，美就是生命。

然而，你们既是生命，也是那神秘的面纱。

美是我们在镜子中看到自己身影的一种永恒。

然而，你们既是永恒，也是那面晶莹剔透的镜子。

宗　教

1

有一位年迈的老牧师请求说：请给我们讲一讲宗教吧。

穆斯塔法说道：

今天一整天我曾讲过别的什么吗？

宗教不就是一切功德以及全部的反思么？

或许它既不是功德，也不是反思，而是双手雕凿石块或操作纺织机时，在灵魂深处持续洋溢的一种奇迹、一种惊诧。

谁能够把他自己的信念与行为分割开来，或者将他自己的信仰与职责分割开来？谁能够把他自己的时间摆放在自己的眼前，说："这些时间属于上帝，这些时间属于我，这些时间属于我的精神灵魂，这些时间属于我的身体躯壳？"

应该说，你一生所有的人生时光，都像一对在空中翱翔着的翅膀，带领你从一个自我飞向另一个自我。

2

那些把德行当作美丽外衣穿在身上示人的人，还不如赤身裸体更可信赖。

微风与阳光不会伤害他们的肌肤，不会使他的皮肤裂口。

那些以伦理来界定自己行为的人，就是把他那善于唱歌的鸟儿囚禁在鸟笼中。

最自由的歌声，不应该是从锁链和铁栅栏中传出来的。

对于那些把膜拜当作可开可关的窗户的人来说，他实际上从来没有造访过自己的心灵之屋，因为心灵之屋的窗子是永远开启、从不关上的。

3

你每日的日常生活，就是你的殿宇和宗教。

无论什么时候，只要你进入殿宇，就要把你所有的东西都带齐：

带上耕犁和熔炉，带上木槌和琴瑟，带上那些为了你日常需要或快乐而制造出来的常用的东西。

因为你们在虔敬中，既不可能飞翔得比你们的成就更高，也不可能跌落得比你们的失败更低。

你要带着所有的人和你一起去。

因为在你们的崇拜中，你们不可能飞得比他们的希望还要高，也不可能因为妄自菲薄而使自己卑屈得比他们的失望还低。

4

假若你们想认识上帝，那就不要去做一个解谜的人。

而应该抬起头来，看看你们的周围，你就会发现，上帝正在和你的孩子们一起玩耍。

你们还要仰望苍穹，你将看到上帝正在云端漫步，在闪电中振臂一挥，随着风雨一起，降临人世间。

你们会看见上帝在繁花丛中对你们微笑，在茂盛的树林中对你们轻轻挥手。

死 亡

1

美特拉也忍不住问道：此刻，能不能给我们谈谈死亡呢？

穆斯塔法回答说：

你们想知道死亡的真正秘密吗？

然而，除了在生命的心灵深处去探寻死亡，你们又怎么可能追寻到死亡呢？

夜幕里能够看得十分清楚，而在白天却失明的猫头鹰，它是无法探明光明的奥秘的。

倘若你们真想探明死亡的奥秘，那就请你们对生命之躯敞开你的胸怀。

因为，生与死是同一的，一脉相连的，就像江河与海洋一样，同生共死，血脉相连。

2

在你们的希望和欲望深处，隐藏着你们对来世的默默理解。

你们的心憧憬着春天，就像皑皑白雪覆盖下的种子一样，做着思春的梦。

相信你们所有的梦吧，因为梦中隐藏着一扇打升的、通向永恒的大门。

3

你们对离开人世间的那种死亡的恐惧，如同牧羊人站在国王面前颤抖一样。因为牧羊人卑屈地站在国王的面前，一定会是颤抖着双腿在等待国王用手恩抚他的头顶。

尽管牧羊人因为留有国王宠爱的印记而兴奋、颤抖，然而，实际上，牧羊人的心中难道不是充满了无比欢欣吗？

不过，你发现了没有，不知为了什么，牧羊人更加重视自己双腿的那种颤抖？

难道死亡不就是赤裸裸地站在疾风中，融化在烈日之下吗？

死亡时的断气，不就是让呼吸从无休止的潮汐中解脱出来，继之升腾、扩展，从而不受任何限制、毫无羁绊地去追寻上帝吗？

4

只有在你们畅饮沉默之水后，你们才能真正地唱出那高亢之歌。

只有在你们到达了山顶之后，你们才能真正开始那不屈的登高。

只有在你们的肢体被大地全面占有了之后，你们才能真正地开始载歌载舞。

辞　别

1

已经到了黄昏的时候。

女预言家美特拉说道：在此时此刻，在这个神圣的地方，我希望所有在这里聆听你布道的灵魂都能获得自己想要的幸福。

穆斯塔法回答说：难道我是一个传道者吗？我不也是一位倾听人吗？

穆斯塔法从圣殿的台阶慢慢走下来，所有的人都紧紧地跟随在他的身后。不久，穆斯塔法登上了航船，站在舱面的甲板上。他把脸转向大家，高声地说道：

奥法里斯的人们啊，呼啸的风要求我尽快离你们而去。

虽然我不像风那么急迫，但我也不得不起程回去了。

我们这些浪迹天涯的人，永远追寻更加寂寞的旅程，我们新的一天并不从另一天的结束开始，如同朝阳也不会从我们见到落日的地方升起一样。

即便大地还在睡梦中时，我们仍然风雨兼程，日夜不停地在行走。

我们是具有强大生命力的植物种子，在我们的心灵日渐成熟饱满时，我们就把自己交给轻柔的风，随风飞扬，任风儿将我们播撒到五湖四海。

2

我与你们一起度过的时光是如此短暂，我对你们讲的话语就更为简短了。

然而，当我的声音在你们耳畔渐渐模糊，我的爱在你们的记忆中不复存在时，那时，我定会重新回到你们身边来。

我一定会用一颗更加丰富的心和更积极响应精神召唤的双唇与你们谈话。

是的，我将随着上涨的海潮踏浪而来。

或许死亡会将我隐藏，更深重的沉默会将我团团包围、覆盖，但我将绝不放弃再度寻找与你们的心灵共鸣和理解。

我相信，我的努力绝对不会浪费，不会白白付出。

如果我讲的都是真理，那么，这些真理将以更加清晰的声音，用更加通俗易懂的语言讲述出来，揭示其深奥的道理。

3

奥法里斯的人们啊，我将随着风儿飞向远方，但我不会也不可能会坠入虚无的深渊。

假如今天没有能够满足你们的需要，没有能够成全我的爱，那么，就让今天成为未来实现这一诺言的立诺日吧。

人们的需求是不断变化的，但人们的爱心是不会变的，人们期盼爱心能够满足自己需要的愿望也是不会变的。

所以说，你们应当知道，我将从更深的静谧中归返。

黎明前消散的淡淡薄雾，将会在大地上留下露珠，随后，这些露珠在阳光下不断上升，凝聚成云，然后又化为雨水降临人间，滋润大地。

我也不一定不像这黎明前的薄雾一样。

4

在悄无声息的漫漫长夜中，我曾独自一个人行走在你们的街道上，我的灵魂曾一间房屋一间房屋地去拜访。

你们的心随着我的心在跳动，你们的气息轻轻吹拂着我的面庞，我因此而认识了你们所有的人。

正因如此，我深深体会到你们的快乐和痛苦。你们酣眠时的那些梦，也正是我的梦。

多少次，我在你们当中存在着，就像那山谷间的湖泊一样，就置身于你们中间。

我的心就如同一面镜子一样，映照着你们心灵的山峰和弯弯曲曲的斜坡。

甚至映照出你们的思想和愿望的云影。

你们的孩子们的欢笑像溪流，你们的青年们的向往像江河，所有这一切，都会淌入我幽静的心海。

当它们流入我心海的最深处时，溪流和大河都仍在不停地一路唱歌。

5

流入我心海的还有比笑容更甜美、比渴望更伟大的东西。

那就是你们身躯里的那颗广博无限的心。

这颗广博无限的心像一位巨人，而你们只不过是巨人身体上的细胞和筋腱。

在这位巨人的歌喉里，你们的高歌只不过是一些无声的震颤。

你们只有与巨人紧密融合在一起，才能显露出你们的伟大。

我只是因为关注他时，才会关心你们，并热爱你们。

倘若爱不超越这广阔无边的领域，爱又能到达多远的地方呢？

怎样的幻想、怎样的期待、怎样的猜测，才能够让你们展翅飞越那段遥远的旅程呢？

巨人就像一棵开满花儿的巨大橡树一样，矗立在你们的心中。

他用自己的巨大力量使你们屹立在大地上，他散发的芬芳气息将带着你们升入天空，他的坚忍令你们摆脱死亡，得以永恒。

6

常有人说，你们像一条锁链，但你们是这条锁链中最脆弱的扣环。

这话实际上只说对了一半，因为你们也是坚不可摧的，你们和锁链中最坚固的一环同样坚强。

用你们最微不足道的事情来衡量你们，就如同用易破碎的泡沫的脆弱来衡量海洋的力量。

用你们的失败来批评你们，就如同以季节的变化抱怨天气的反复无常。

7

是啊，你们就像那辽阔的大海一样。

虽然那满载货物而搁浅的船只等待着海水涨潮，以便靠到岸边去，然而，即使你们像大海一样，但也无法使潮水提前到来。

因为你们也如四季一样。

虽然你们在寒冷的冬天里拒绝了初暖的春天，但是，深藏在你们灵魂深处的春天，却在睡梦中露出了甜美的微笑，你们的微笑对春天没有任何伤害。

8

你们千万不要认为，不要认为我谈话的这些内容，只是为了让你们双方彼此说："他盛赞了我们了，他仅看到了我们的优点。"

我只不过是用语言说出了你们的思想能够领悟出来的道理。

能诉诸语言的有言知识，不就是那些难以言传的无言知识的影子吗？

你们的思想和我的话语，即使只是从尘封记忆中涌出来的一朵浪花，但这种记忆却完整记录了我们昨天的一切行为。

记录了那些遥远而又漫长的白昼。那时，大地不知道我们，大地也不了解自己。

也记录了那些无尽的黑漆漆的夜晚，那时，大地还在混沌和困惑中沉睡不醒。

9

先知曾来到你们周围，把他的智慧传给了你们。我到这里来，是为了收集你们的智慧。

你们看，我已收集到了比智慧还要伟大的东西。

那就是你们身上不断聚集的火焰似的灵魂之火。

但你们常常忽视这种精神的发展，只感叹那些人生岁月的悄然流逝。

灵魂之火是生命在更广阔的空间里寻找的一种延伸，是人们肉体恐惧坟墓、逃避死亡的自然追求。

10

实际上，这里没有坟墓。

这些高山和平原是人们生存的摇篮，是人们兴旺发达的垫脚石。

无论任何时候，当你们经过祖先的墓地时，只要你仔细探看，你就会发现，你们自己的灵魂正在与你们的子女一起，手挽着手，在幸福地跳舞。

真的，你们在一起时，总是那样快乐，而你们自己却对这一切，一点也不知晓。

11

也有其他人曾经来到你们这里，他们曾经对你们的信仰给予黄金般的闪光承诺，你们以钱财、权力和名誉给予回报。

我能够给予你们的，实际上比承诺还少，而你们却给予我更多的慷慨。

你们将自己对生命的深深渴求给予了我。

对一个人来说，世界上最好的馈赠是把自己所有的一切希望全部化为干渴的嘴唇，将一切生命化为甘泉。

这就是我的荣誉与我需要的报酬。

每一次我去泉边畅饮甘甜的泉水时，我总是发现，那源源不断涌出来的泉水也是焦渴至极的，我畅饮泉水的时候，泉水也在畅饮我。

12

你们中有不少人认为我有一股傲气，且又过分羞怯，还不肯接受任何礼物。

说实在的，我确实有股傲气，且不愿接收酬劳，但接收赠礼时，有时候也不全是这样的。

当你们盛情邀请我赴宴时，我已饱餐了山上的桑葚了。

当你们热情邀请我入宿家中时，我已睡在了圣殿的廊下。

然而，这不正是你们对我日日夜夜的盛情关怀，才使我吃得津津有味、睡得魂梦酣甜吗？

13

正因为此，我要深深地祝福你们：

你们给予了我许多，但你们却从不知道是你们在给予。

事实上，善行自我照镜的时候，就会幻化为一块石头。

用许多美名夸赞自己所做的种种善事时，有可能会引来诅咒。

14

你们当中不少人说我孤傲，沉浸在自己的孤独里。

你们中有人说："他似乎只与林木野草谈笑风生，却不太爱跟人交流。他独自坐在高高的山顶上，俯瞰着整个城市。"

说真的，我确实曾经登上高高的山顶，也曾一个人走到很远很远的地方。

然而，我若不登上高山顶，不走到更多更远的地方，我怎么能看清楚你们呢？

人与人之间，倘若从未远离，又怎能感受到相聚的快乐呢？

15

你们中有人对我无声呼唤道："怪异的他乡人啊，怪异的他乡人，你是我们高不可攀的爱慕者啊，你为什么要住在那雄鹰都不愿意筑巢的山顶呢？

"你为什么要追求那些常人难以做到的事情呢?

"你希望网住怎样狂暴的暴风雪呢?

"你想在天上捕捉哪种神奇的鸟儿呢?

"快来吧,加入我们中间,成为我们中间的一员吧。

"快来吧,用我们的面包填饱肚子,用我们的美酒解渴润喉吧!"

他们在灵魂的孤寂中,说出了这些话。

然而,假若他们再孤独寂寞一些,他们就会明白,我要收集的,只是你们快乐和悲伤的奥秘。

我要收集的,只是你们漂浮于宇宙空间的精神和灵魂。

16

猎人其实也是猎物。

因为,从我的弓弦上射出去的许多箭,有许多其实是瞄准我的胸膛的。

同样,飞翔者其实也是爬行者。

因为,当我的翅膀在阳光下舒展开来时,我投在大地上的影子像一只在地上爬行的乌龟。

我既是一名信仰者,同时也是一位怀疑者。

因为我时常用手指按在自己的伤口上,这样我就会对你们更信任,也更理解你们。

17

凭借着一份信仰和一份理解,我要对你们说:

你们其实并没有被封闭在你们肉体的躯壳之中,也并不受房舍、田地的限制。

真正的你们居住在高山顶上，随风而转移地点。

你们并不是为了取暖而在阳光下躺着，也不是为了安全而在黑暗中挖洞的动物。

你们是自由的灵魂，是覆盖土地、遨游苍穹的自由自在的灵魂。

18

假如说我的这些话难以明白，那么，请你们不必要求自己完全明白。

模糊与混沌本来就是万物之源，并非终结。

但愿你们在回忆我的时候，把我看成你们记忆中的一个开始。

所有的生命，以及类似的一切生灵，都孕育于像雾霭一样模模糊糊的事物中，而不是孕育在水晶般一清二楚的事物中。

而谁又能知道，水晶是不是正在消退的雾霭？

19

希望你们在想起我时，能够记住我说的话。

有时候，在你们心中，那些最脆弱、最迷惘的，或许就是最强大、最刚毅的。

那支撑你们的骨架，并使之强壮的，不正是你们的呼吸吗？

那建造你们的城市，并使城市繁荣兴旺的，不正是你们曾经遗忘了的梦吗？

如果你们只看到你们自己的呼吸的起伏，便会看不见其他的东西了。

如果你们只听到自己梦中的私语，便听不到其他的声音了。

不过，有时候看不见和听不到，也不一定不是好事。

蒙在你们双眼上的面纱，将被编织面纱的双手揭开。

阻在你们双耳里的泥块，将会被经常揉捏它的手指捅开。

这样，你们将能够看得见，也听得到。

但是，你们却不要因为曾经的看不见而叹息，也不要因为曾经的听不到而懊悔。

因为，在那时候，你们将会明白万物潜隐的意图。

你们将会祝福黑暗，就像祝福光明那样。

20

说完这些话，穆斯塔法望着四周，看见船长站在船舵的旁边，一会儿看一看已经扬起的风帆，一会儿望一望遥远的天际。

穆斯塔法说：

好有耐心啊，我的船长极具耐心。

风已经呼呼地刮起来了，风帆也已经鼓足了干劲。

就连船舵也已经开始寻找航向。

然而，我的船长却一声不吭地静静地等待我，等待我把话说完。

船上的水手们都是我的好朋友。

他们听过伟大海洋的合唱，此刻却在耐心地听我和你们讲话。

现在，他们不用再等待很久了。

我的一切准备工作已经就绪。

正如溪水已经奔流到大海一样，伟大的母亲将再次把她的儿子拥入怀中。

21

别了，奥法里斯的民众们。

夜幕已经降临，这一天就这样飞速地过去了。

暮色在我们面前关上了大门，如同莲花的花瓣合拢在自己的"明日"之前。

我们在这里收获的，要好好地保存起来。

假如这还不能满足我们的要求，那么，我们必须再次相聚，同时把手伸向给予我们这一切的人。

请不要忘记，我还会回到你们身边。

再过一会儿，我的渴望将把尘土和泡沫收集在一起，集聚成一个新的躯体。

再过一会儿，我将在风中休息片刻，我将在另一个女人的腹中孕育。

22

我要向你们道别了，向与你们一同度过的青春时光道别了。

所有的这一切，仿佛就在昨天，我们在梦中不期而遇。

你们曾在我的孤寂里为我高歌，而我因为你们的向往而在空中建起了一座高阁。

现在，我们的睡眠已逃逸，美梦已经结束，黎明也已经消隐。

我们头顶上已经阳光正盛，我们已经从微睡中来到白昼，我们不得不分手道别了。

如果我们会在记忆的曙光中再次相见，我们会重新畅谈。

到那时，希望你们要为我再唱一支更加深情的歌。

如果命运让我们的双手在另一个梦里相握，我们一定会在空中再次建造起另一座高阁。

23

穆斯塔法一边说着，一边向水手们打了个起航的手势，水手们立即解缆起锚，很快，帆船向着东方驶去。

人们不约而同地哭泣，异口同声地呼唤，呼喊声在尘沙中飞扬，随风飞向大海，在海面上追赶帆船，如同号角。

只有美特拉静静地站在码头上，默不作声，凝望着远方，直至帆船消隐在烟雾之中。

人们渐渐地全都散去了，美特拉仍然独自站在码头上，她的耳边响起穆斯塔法所说的那句话：

"再过一会儿，我将在风中休息片刻，我将在另一个女人的腹中孕育。"

沙与沫

《沙与沫》是纪伯伦最著名的作品之一，作者以自然景物沙、泡沫为比喻，寓意着人在社会之中如同沙一般微小，所作所为如同泡沫一般虚幻，是一部关于生命、艺术、爱情、人性的格言书，充满了比喻和哲理，宛如天籁，满足了不同心灵的不同需求。

1

我一直沿着这海岸向前行走，

行走在细沙和泡沫之间。

涨潮的海浪会把我的脚印抹得一干二净，

海风也会把海面上的泡沫吹得很远很远，

但是，海和海岸却会永远存在。

2

我的双手，曾经紧握一把清凉的雾霭，

而当我把手张开，

那雾霭竟然变成为一条虫子。

我的十指合拢后又分开，

竟有一只鸟儿在我掌心里。

我再次把手指合上，第三次伸开，

竟有一个人站在我的掌心上，

那个人愁容满面，仰望蓝天。

我再一次合上掌，然后又张开时，

除了那朦胧的雾霾，其他一无所有。

然而，我的耳边却响起一支歌，

飘荡着柔美而甜蜜的旋律。

3

就在昨天，我还认为自己是那张张碎片，不停地颤抖，而且毫无规律地在生命的苍穹间游走。

此刻，我终于明白，我就是苍穹，生命其实只是在我心中富有节奏地运动着的碎片。

4

他们醒着的时候对我说："你和你所居住的那个空间，仅仅是无边无际大海和无穷无尽海滩上的一颗小小沙粒。"

我在做梦的时候对他们说："我就是那无边无际的大海。世间的万物只不过是我无穷无尽海滩上的几颗沙粒。"

5

我只有一次像哑巴一样说不出话来，那是一个人在问我"你是谁"的时候。

6

我一想到神，脑海里跳出来的形象是天使。

我一提到神，想到的第一个字眼是活灵活现的人字。

7

在大海的涛声和森林里的风声还没有教会人们使用语言之前的数万年间，我们就是一群流浪、迷茫、追求执着的动物。

而今天，我们又怎么可能用昨天的声音来描绘，描绘出远古时代的一切呢？

8

斯芬克司只说过一次话。他说："一颗沙粒就是一片沙漠，一片沙漠就是一颗沙粒。现在，让我们再一次闭上嘴，沉默下去吧！"

我听到了斯芬克司的这段话，但是我却茫然不解。

9

我只要看见一个女人的脸庞，就能看到她所有的已出生和未生出的子女的样子。

而一个女人如果看见了我的脸庞，她一定会了解我所有在她出生之前就已逝去的我的历代祖宗的一切。

10

现在，我十分渴望自己能够尽快完满起来。可是，在我变成为一颗引导智慧生命队伍前行的星球之前，我这个愿望怎么才能实现呢？

这难道不是包括人在内的所有生灵为之努力奋斗的目标么？

11

任何一颗珍珠都是苦难围绕着一粒沙子建造起来的神圣庙宇。

那么，又是什么样的愿望在什么样的沙粒周围建造起我们挺拔的躯体呢？

12

当上帝把我当作一颗小小的石子，投向这一汪奇妙异常的湖水里时，我会用无数个圈纹，把这平静的湖面惊醒。

然而，一旦我沉到湖底之时，围绕着我的，将会是风平浪静。

13

赠给我一片静谧，我便会用静默征服伸手不见五指的黑夜。

14

当我的灵魂和我的肉体从相亲相爱开始，进而走向结婚时，我便重新获得了再生。

15

很早以前，我认识一个听觉十分敏锐的人，但是他却无法说话，因为他在一次战斗中失去了舌头。

现在我才明白，这个人在其伟大的沉默来临之前，经历过什么样的残酷战争。我为它的死去感到十分高兴。

这个世界还不够大，因为它容不下我们两个人。

16

我久久地仰卧在埃及大地的漫天沙尘中，默不作声，我忘记了季节的更替。

一直到太阳给予我生命，我才站了起来，沿着尼罗河岸前行，与白昼一起吟唱着歌，与黑夜一同交替着梦。

现在，太阳用千万只脚踩踏在我的身体上，希望我再次仰卧在埃及大地的漫天沙尘中。

然而，请记住那个奇迹和谜语吧！

将我凝聚在一起的太阳，却不能再把我分解开来。

我依然挺直站立，在尼罗河岸边，迈着稳健的步伐行走。

17

记忆，是人们常常相会的一种形式。

18

忘记，是人们能够自由的一种形式。

19

我们衡量时间的依据是日月星辰的运转，而他们衡量时间依靠的是他们口袋里的小小机器。

如此，请你告诉我，我们怎么可能在同一地点和同一时间相会和相聚呢？

20

对于那些站在银河的窗口旁向下张望俯瞰的人来说，空间就不是太阳和地球之间的空间了。

21

人性就像一条光一样的河流，从永久之前流向到永久之后。

22

居住在太空里的那些精灵，难道不常常嫉妒羡慕人间的那些哀愁和痛苦吗？

23

在走向朝圣的路上，我遇到了另外一位朝圣者，我向他问道："这是通往圣城的路吗？"

他说："请你跟我走，这样一天一夜就可抵达圣城。"

我与他同行了几天几夜，也没有见到圣城的踪影。

让我十分诧异的是，他给我带错了路，他反而对我大发脾气。

24

上帝啊，在让我成为狮子的猎物、食物之前，请你让兔子先成为我的食物吧！

25

如果没有经历过暗无天日的黑夜，人们就不可能走向霞光初露的黎明时分。

26

我的房子对我说："不要离我而去！因为这里珍藏着你的往昔。"

身旁的道路对我说："请与我同行，沿着我一直走下去吧！因为我就是你的未来。"

我对房子和道路说："我既无过去，也无未来。如果我留在这里，我的留中有去；如果我去了那儿，我的去中有留。唯有爱和死才能改变一切。"

27

那些安卧在羽绒床上的人所做的梦，其实并不比睡在泥土地上的那些人的梦更美好。

正因为此，我又怎么能对人类生命的公平公正丧失信心呢？

28

非常奇怪的是，我对许多快乐的追求，正是引起我痛苦的主要原因。

29

曾经有七次，我鄙视我自己的灵魂：

第一次是我发现她可以升迁却故作谦逊。

第二次是我看见她在瘸者面前跛足前行。

第三次是她面临"难与易"之间选择时，她选择了容易。

第四次是她犯了错误，却以别人也会犯错而安慰自己。

第五次是当她因懦弱而忍耐，而她却把忍耐当成坚强。

第六次是她鄙视一张丑陋的脸庞，但她却不知道那正是她自己的一张面具。

第七次是她高唱赞歌，并以此为一项美德。

30

我不知道什么是绝对真理！但是，我常常因为自己的无知而自卑。正因为此，我在自卑中获得了荣誉和奖赏。

31

在人的理想和真正能够获得的成就之中，是有一段漫长的距离的，这段距离只有靠他用热情才能跨越！

32

天堂就在那儿，也许在那一扇门的后面，也许在隔壁的房间里。遗憾的是，我把进入天堂的钥匙弄丢了。

33

你是一个瞎了眼睛的盲人，我是既聋又哑的哑巴，所以，让我们两个人，手牵着手，相互理解，相互帮助吧。

34

任何一个人，他的真正价值并不在于他已经拥有了什么成就，而在于他未来想获得什么成就!

35

我们当中，有的人像墨一样黑，有的人像纸一样白。

如果不是有人像墨那样乌黑，另一些人就会变成哑巴。

如果不是有人像纸一般洁白，另一些人就会变成盲人。

36

只要你能够给我一只倾听的耳朵，我就能够为你献上一曲美妙的声音。

37

人类的大脑犹如一块海绵，而我们的心胸则像一条河流。

然而，我们大多数人却宁肯吸收也不愿奔腾前行。这，让人感到十分奇怪。

38

当你渴望着那无名的恩赐，却又不知什么原因而烦恼时，你便真的开始和万物一同成长，升华为更为崇高的自我。

39

当一个人整天沉醉在幻想之中时，他就会把自己幻想中的美好当成真实中的美酒。

40

你喝酒是为了获得一次大醉，而我喝酒则是希望能够在醉中清醒过来！

41

当酒杯空空的时候，我认为非常正常，而任其空着。但当酒杯半满的时候，我却嫌弃它不是满满一杯，非常讨厌它。

42

一个人的真实面目，实际上不在于他向你所展现的那一面，而在于他从未向你展现的一面。

所以，你若想了解一个人的真实面目，就要不仅仅听他说的，而要用心去倾听他从来没有吐露过的心声。

43

我说的话，其实有一半是没有任何意义的。我之所以把它说出来，为的是让你可能听到另一半。

44

一个人的幽默感，就是他的分寸感。

45

当人们夸奖我那一说话就停不下来的缺点，同时批评我一言不发的美好品德时，我的孤独寂寞便由此产生了。

46

当生命找不到一位歌唱家来唱出它的心声时，就会诞生一位哲学家来说出生命的心思。

47

真理常常需要很久的时间才能被人们所认识，但有时也会被人们不经意间说出来。

48

最真实的我们，是沉默不语的，而后天造就的我们，却是多言多语的。

49

我内在生命的声音，是无法进入你内在生命的耳朵里的。然而，为了大家不再寂寞无聊，请让我们彼此交心吧。

50

当两个女人一起交谈时，她们什么也不会讲出来。
而当一个女人自言自语时，她却能道出生命中的一切。

51

青蛙的叫声或许比公牛还要响亮，然而青蛙不能在地里拉犁，也不能在酒坊里面拉磨，更不能用它们的皮子制作鞋子。

52

只有无法说话的哑巴，才会羡慕或者嫉妒多嘴多舌的饶舌者。

53

假如春天告诉你："春天在我的心中"。那么，还会有谁相信它的话呢?

54

每一粒种子，都承载着一个充满未来的愿望。

55

假若你真的睁大双眼去看，你便会从所有的图像中看到你自己的模样。
假若你真的竖起双耳去听，你便会从所有的声音中找到你自己的声音。

56

真理往往需要两个人一起来发现它，一个人说出真理，另一个人来肯定真理。

57

虽然言语的波浪常常在我们身体上引起激动，然而，在我们的灵魂深处，却永远是沉默、宁静的。

58

很多理论就像那透明的玻璃窗户，我们透过它看见了真理，但它又把我们和真理活生生地隔开。

59

现在让我们一起来玩捉迷藏吧！

假如你藏到我的心里，我就会很容易找到你。但如果你藏到你的躯壳里，那么谁也没有办法把你找到。

60

女人，常常可以用微笑，把她的脸掩藏起来。

61

那一颗能够和欢乐的心一起唱出欢乐歌声的忧伤的心，是十分高贵的啊！

62

期盼了解女人的秘密，或者剖析天才，或想弄清楚静默奥秘的人，就如同那个希望从美梦中醒来，就坐到早餐桌上的人。

63

我渴望与任何一位行进者一同行进，而不愿意停下脚步，观看威武的队列从我的身边走过去。

64

对于那些服侍你的人，你亏欠的不只是金子。将你的心用来敬奉他吧，要不然就去为他服务。

65

没有，我们绝对没有枉活一生。你看，他们不是用我们的尸骨堆叠起座座高塔了么？

66

我们还是不要挑剔细节了。诗人的想法和蝎子的尾巴，都是从同一块土地上，荣耀地升起来的！

67

任何一条毒龙，都会诞生一个屠龙的圣·乔治①出来的。

---

① 圣·乔治是天主教圣人，常以屠龙英雄的形象出现。

68

树木是大地写给天空的诗行，而我们却把它砍下来造纸，以在上面记下我们的空洞、无知和弱智。

69

如果你要写作（只有圣贤才清楚你为什么要写作），你必须具有知识、艺术感和魔力——遣词的音乐知识、不矫揉造作的艺术感，以及热爱你的读者的独特魔力！

70

他们把笔浸蘸到我们的心底，就以为他们已经获得了我们的灵感。

71

如果让一棵树来写自传，那这部自传不会异于一部民族的历史。

72

如果让我在写诗的能力和还未写成诗之前的狂喜间进行选择，那么，我会毫不犹豫地选择狂喜，因为狂喜是更好的诗。

然而，你和我所有的邻居一样，都会认为我总是选择错误。

73

诗歌从来都不是表达见解的，诗歌是从流血的伤口或荡漾着笑意的唇间涌现出来的歌曲。

74

言语是没有任何时间性的，在你言说和书写的时候，你应该懂得它的
这一个特点。

75

诗人正如一位退了位的君王一样，独自一个人坐在宫殿的灰烬里，试
图用宫殿的灰烬捏出一个新的宫殿。

76

诗是无数快乐、痛苦、惊讶，并穿插着形形色色词汇组成的混合体。

77

一个诗人，要想寻找到他心目中那位诗歌的母亲的话，是徒劳的，
不可能实现的。

78

我曾经对一位诗人说："在你离开人世间之前，我们不会知道你的任
何价值。"

诗人回答说："是的，只有死亡才是真正的揭露者，如果你真想知道
我的价值，那么我告诉你，那就是我心里能够想到的，永远比我说出来

的多，我所希望实现的，永远比我手中拥有的要多。"

79

如果你能够歌颂美好，哪怕你站在沙漠的最中央，你也会有听众。

80

诗歌是陶冶心灵的智慧

智慧是理性吟唱的诗歌

如果我们能陶冶一个人的心灵，并且在他的理性之中唱歌，那么，我们便真正地生活在上帝的保佑之中了

81

灵感总是在放声歌唱，但灵感从不给别人解释什么。

82

我们常常为孩子唱催眠曲，最后也把我们自己唱睡着了。

83

人类的所有的字句，都是从心思的筵席上掉落下来的碎末。

84

思想对于诗来说，常常是一块绊脚石。

85

能唱出我们的沉默的人，才是真正的歌唱家。

86

如果你的口中含满了食物，那么你又怎么能够放声高歌呢？
如果你的手中握满了黄金，那么你又怎么能够举手祈福呢？

87

他们说，夜莺在唱恋歌的时候，常常把一根尖刺插入自己的前胸。
应该说，我们其实也和夜莺一样，若不这样，我们怎么可能唱出歌呢？

88

天才只不过是晚春到来时，知更鸟在秋天来临前所唱的一首欢歌。

89

即便是那最高贵的灵魂，也离不开物质的需求。

90

疯人是一位不比你我任何人逊色的音乐家，只不过他所弹奏的乐器有些失调而已。

91

在母亲心底沉淀多年的歌声，将会在她孩子的唇间唱响。

92

没有不能圆满实现的愿望。

93

我从来没有与另外一个人完全一致过，事物的真相永远介于我俩之间。

94

你的另外一个自我总是为你难过，但他就在这种难过中成长起来。正因为此，一切便皆大欢喜了。

95

除了那些灵魂沉睡、肉体和心灵失调的人之外，正常人的灵魂和肉体没有什么争斗的。

96

当你触及生命的最中心时，你便会在万事万物中都能发现美，甚至在那些看不见美的眼睛中也能发现美。

97

我们活着的目的，就是去发现美。其他的一切，只不过是各种等待的形式而已。

98

假如你向大地播下一粒种子，大地一定会给你长出一朵花儿。

假如你给蓝天赠送一个梦想，蓝天一定会给你送来一位美丽的情人。

99

你出生时，魔鬼早已经死去。所以，你不必穿越地狱，去会见天使。

100

许多女人借到了男人的心，但却极少有女人能永远拥有这颗心。

101

如果你想拥有，那么，请你千万不要要求！

102

当一个男人的手，接触到一位女子的手时，他俩都触摸到了永恒的心。

103

所谓的爱情，其实只是爱恋者两个人间的一层面纱。

104

每个男子都爱着两个女人，一个是他幻想中的女子，另一个是尚未出生的女子。

105

一个不会原谅女人轻微过失的男人，永远不可能欣赏到她高贵的德行。

106

如果自己不能天天更新自己的爱情，那么就会变成一种习惯，最终成为爱的奴隶。

107

情人之间的拥抱并非只是拥抱彼此的身体，而是拥抱着他俩之间说不清、道不明的一种关系。

108

爱情和猜疑是永远不可能坐在一起谈心的。

109

爱是一个明亮亮的字，应是被一只光明的手写在一张明晰的册页上。

110

友谊从来就是一份甜蜜的责任，而绝不是一种相互利用的机会。

111

如果你不能从方方面面去了解你的朋友，那么，你就永远也不可能真正认识他。

112

最华丽的衣衫是他人编织的，

最可口的饭菜是在他人的餐桌上吃到的，

最舒服的床铺是在别人的房子里的。

那么请你告诉我，你又怎么能把自己同别人相分离呢?

113

你所想的和我心中记挂的不可能一模一样，除非你脑子里想的不再居留于数字，而我的心灵也不再居留于云雾中。

114

除非我们把语言减少到只有 7 个字，否则我们将永远也难以相互了解。

115

我的心若不被敲碎，又怎么可能把它打开呢?

116

只有在深深的痛苦之中，或者在极度快乐之时，才能显露出你的真实。

如果你希望被人们一目了然地发现，你就必须在太阳下光着身子跳舞，或者扛着一座显目的十字架。

117

假如大自然听从了我们说的知足的话，那么，江河便不会追求奔向大海，冬天也就不会变成为春天。

假如大自然听从了我们所说的节俭之说，那么，我们还有多少人能够呼吸到这新鲜的空气呢?

118

当你背着太阳的时候，你看到的，只能是自己一个人的影子。

119

你在白天的太阳下是自由自在的，你在黑夜的星光下也是自由自在的。

哪怕太阳、月亮和繁星全部消失，你也是自由的。甚至当你紧闭双眼，不看人世间万事万物时，你还是自由的。

然而，你却是你所爱的人的奴仆，因为你爱着他。

你也是爱你的人的奴仆，因为他爱着你。

120

我们都是宫殿门前的乞丐，当国王进出大门时，我们每个人都得到了一分赏赐。

但是我们却彼此之间妒忌。这，实际上也是轻视国王的另一种方式。

121

你千万别吃得超过你正常的饭量，那一半食物是属于其他人的，而且，我们还应该为那些不期而至者留下一点面包。

122

如果不是因为要接待客人的话，所有的房子其实都和坟墓没有什么区别。

123

一只风雅的狼对一只天真的羊说："阁下可否光临寒舍造访呢？"

羊回答说："如果贵府不是在阁下肚子里的话，登门拜访你将是我的荣幸。"

124

我把前来做客的朋友拦在门口说："实在不要客气，出门的时候再擦鞋吧，进门的时候无须擦鞋。"

125

所谓慷慨，并不是你把我比你更需要的东西给了我，而是你把你比我更需要的东西也给了我。

126

当你施舍时，你当然是仁慈的，然而，如果你在施舍的时候，把脸转向了另一个方向，你就不会看到被施舍者的惭愧的样子了。

127

最富的人和最穷的人之间的差别，仅在于一个是一整天的饥饿，一个是一个时辰的干渴。

128

我们常常用明天的借贷，来偿还昨天的债务。

129

我曾接受了天使和魔鬼的来访，但我都巧妙地把他们打发走了。
天使来访时，我念了一段旧的祈祷文，天使厌烦地走开了。

魔鬼来访时，我犯了一次旧的过错，魔鬼也同样地离我而去。

130

总而言之，这并不是一所坏监狱，只是我厌恶那阻断我与隔壁那间囚房之间的墙壁。

坦白地说，我并非是想责怪狱吏，也不会责怪建筑监狱的建筑工人。

131

你向他们索要鱼，他却给你赠送毒蛇的人，大概他们已经没有什么别的东西可以送给你。

从他们那一方面来看，也算是慷慨至极了。

132

欺骗有时候也许能够成功，但最终将会玩火自焚。

133

倘若你能够原谅那些从来还没有杀过人的凶手、从来还没有偷盗过的窃贼、从来还没有欺骗人的骗子时，你才是一个真正的心胸宽广的人。

134

谁能够把手指头放在善和恶的分界处，谁就是能够触及上帝圣袍边缘的人！

135

倘若你的心像一座火山一样，你又怎么能够期望鲜花在你的手掌开放？

136

这是多么奇怪的自欺欺人啊！我常常宁愿自己受到损伤和欺骗，以让我自己能够有机会嘲笑那些自以为我不知道受损伤、受欺骗的人。

137

对那位擅长扮演为被追求者的追求者，我又能够说什么呢？

138

让他把你的这件衣服拿走吧，既然他把满手的污渍擦拭在这件衣服上！他也许还需要这件衣服，而你肯定是不会再要了！

139

货币兑换商不能成为一名好园丁，这实在是一件令人遗憾的事！

140

千万不要用一个人后天学到的美德来粉饰他与生俱来的缺陷！我宁愿拥有这天生的缺陷，因为这一缺陷是我所独有的！

141

我曾一而再、再而三地把并不是我所犯的罪责拉到自己的身上，我希望其他人因为我如此地揽过而感到舒服。

142

即便是生命的一副面具，也要显得更深邃、更奇妙！

143

你或许只能根据自己的认知去评判别人，那么，请你告诉我，我们中谁将会是罪犯，谁又将会是君子？

144

真正的公平者，是那些自认为对你的过失有一半责任的人。

145

只有白痴和天才，才可能会更改早已形成的法律条文，因为白痴和天才与上帝的心最为贴近！

146

只有当你被人追杀时，你才会显得最为迅速、敏捷！

147

我没有任何仇敌，假如我必须有个敌人，那么，请上帝让他与我旗鼓相当，这样，胜利才会归于真理。

148

当你和你的敌人先后死去之后，你们彼此间就会相安无事，变得十分友善了。

149

一个人在自卫的时候，很可能以自杀的形式自卫。

150

很久以前，有一位男子被钉在十字架上，因为他过分爱他人，人们也过分爱他。

说来奇怪，昨天我三次遇见他：

第一次，他正在恳求警察不要把一个妓女送进牢房；

第二次，他正在和一个流浪汉一起喝酒；

第三次，他正在教堂里与一位执事者打架。

151

如果他们所说的那些善恶都是无可置疑的，那么，我的一生就是一段漫长的犯罪时光。

152

同情仅仅只是一半的公平公正！

153

昔日唯一对我不公平者，就是那个我曾经对他的兄弟不公平的人。

154

当你看见一个人被送进监狱时，你要在心中悄悄地说："也许他正在从一个更狭小的监狱中逃离出来。"

当你看见一个人喝醉了酒时，你也要在心中悄悄地说："也许他正试图摆脱那些更不美好的事情。"

155

我常常以憎恨的方式来完成我的自卫，实际上，假如我更为强大有力，那么就根本不需要使用憎恨这样的武器。

156

用嘴唇上的微笑来掩饰自己眼中憎恨的人，是多么愚蠢的啊！

157

只有那些比我更卑微的人才会嫉妒或憎恶我。

我从来没有被人嫉妒和憎恶，因为我的地位比任何人都要低下。

只有那些比我强大的人才可能会表扬我或贬低我。

从来没有人表扬我或者贬低我，因为我的地位不在任何人之下。

158

你对我说："我不了解你。"这实在是对我高度的赞赏，同时也是对你自己彻底的贬低！

159

当生命给了我金子，而我仅仅给了你银子，但我却自认为自己是慷慨之人，这是十分卑鄙和愚蠢的行为。

160

当你真正领略了人生的真谛之后，你就会发现，自己并不比罪犯崇高，也不比先知卑微。

161

让人感到奇怪的是，你常常可怜那些脚下行走缓慢的人，却不可怜那些思维缓慢的人。你只可怜盲于目者，而不可怜盲于心者。

162

瘸腿的人，千万不用在敌人的头顶敲断自己的拐杖，这样才是聪明的做法！

163

那个认为用自己口袋中的东西，就能换得你的心灵的人，是多么愚笨和糊涂啊？

164

生命是一支行进中的队伍。

走得慢的人发现队伍行进得太快了，于是他退了出来；

走得快的人认为队伍行进得太慢了，于是他也离开了队伍。

165

假如真的存在罪恶的话，那么我们中的许多人就常常会踏着祖先的脚印，重复着昨天的错误！

而那些过分约束自己子女的人，则会让错误不断延伸。

166

真正的好人，是那个常常与那些公认为是恶棍的人混在一起的人。

167

我们所有的人，其实都是囚徒，只不过有些人是关在有窗户的牢房里，而有的人则是关在没有窗户的牢房里！

168

有一个非常奇怪的现象，人们为自己的错误开脱时所花费的精力，常常比捍卫正确时花费的精力还要大。

169

假如我们全都直言不讳地说出内心里的不轨想法，那么大家会因为这些想法毫无新意而嘲讽对方。

假如我们相互开诚布公地展示蕴藏在灵魂深处的美好品德，人们也会因为同样的理由讥笑彼此。

170

正常人的品德水平应该远远高于法律对常人的最低要求，直到某个人触犯了法律条文之后。此后，对他来说，就无所谓崇高，也无所谓卑微了。

171

政府按照你和我的要求制定了法律规定，而你和我却常常违反这些法律规约。

172

罪恶是一个人欲望的另一个名字，或者说是人性生了病而引起的。

173

放眼世界，还有什么过失比过分挑剔别人的过失更为严重？

174

假如别人嘲讽你，你可以怜悯他；但是假如你嘲笑别人，你将永远无法宽恕自己。

假如别人伤害你，你可以忘掉他对你的伤害；但是假如你伤害别人，你将会永远无法释怀。

其实，他人只不过是附着在另一躯体上的、你那最敏感的灵魂。

175

你是多么粗心啊！你要求别人依托你的一对翅膀凌空飞翔，可是你却连一根羽毛也没有提供给他们。

176

有一个人曾经坐在我的餐桌前狂吃我的食物，狂饮我的醇酒，在临走时却还嘲笑我。

所以，当他再次向我讨要食物和醇酒时，我就不理不睬，充耳不闻。这一次，天使却因此而嘲笑我。

177

一个人的仇视情绪，就像一具僵硬了的尸体，你们谁愿意成为容纳僵尸的坟墓呢？

178

被谋杀的人聊以慰藉的，就是他肯定不会成为凶手。

179

对人性高下评价的论坛，构建在人们无言的内心，而从不会构建在人们多言的脑袋里。

180

他们认为我是个疯子，因为我舍不得拿我的时间去交换金钱；
我也认为他们是疯子，因为他们竟以为我的时间可以用金钱买到。

181

他们在我们的面前展示金银财宝和象牙黑檀，我在他们面前展示心灵精神和心胸气度；
他们却自认为自己是世界的主人，反倒把我们当作为外来的客人。

182

我宁愿做人世间有梦想和有实现梦想愿望的最为卑微、渺小的人，也不愿做没有梦想、不为梦想实现而努力的所谓的伟人、巨人。

183

人世间最为可怜的人，就是那些用自己的梦想换回金钱的人。

184

我们一起朝着我们精神世界的高峰攀登。

倘若某一位登山的伙伴偷拿了你的行囊和钱包，用来装满他的行李箱，你应该怜悯并同情他；

他会因为重负而攀登困难，从而延长他的攀登行程。

减轻了负重的你健步如飞，如若看到他因负重而气喘吁吁，请你上前去帮他一把，这会让你的步伐更加轻盈敏捷。

185

假若你无法超越自己的认知去评判另外一个人，这就说明你的认知是非常肤浅的。

186

我从来不听一个征服者对被征服者讲的所谓道理。

187

真正拥有自由的人，是那些能够坚定地背负起奴隶重担的人。

188

一千多年以前，我的那个邻居曾经对我说："我憎恨我的生命，因为它带给我的，除了痛苦，别无所有。"

昨天，我走过一座公墓，我看见生命正在他的墓穴上快乐地跳舞。

189

自然界的所有竞争只有一个趋向，那就是从混乱无序到井井有条。

190

孤独和寂寞是无声的风暴，它摧折了我们的全部枯枝；

然而，它却把我们的根芽，更深更深地扎进了生机盎然的大地，扎进了大地那充满活力的心底。

191

我曾对小溪说起无垠的大海，小溪认为我夸大其词；

我曾对大海谈起弯弯的小溪，大海认为我自轻自贱。

192

倘若一个人把蚂蚁的忙碌吹嘘得比纺织娘的歌唱更为高贵，说明这个人看问题是十分有偏见的。

193

在这个世界上最高贵的品德，也许在另一个世界里是最为低贱的。

194

深和高是沿着直线向底端和顶端发展，只有宽广才能从我们站立的地方一圈圈地向外发展。

195

如果不是有了长度、重量这些度量的标准，我们面对萤火虫的微光时，也会像面对太阳一样敬畏。

196

缺乏想象力的科学家，就如同拿着钝刀和旧秤的屠夫。

而我们又不是不折不扣的素食主义者，那么，面对缺乏想象力的科学家，我们又能怎么办呢？

197

饥饿的人，常常用肚子来听你的歌唱。

198

死亡和老人的距离并不比它和婴儿的距离更近。生命就是这样让人难以捉摸。

199

假如你必须坦率地说出真相，那么就说得漂亮些吧！否则，就干脆一言不发。因为，我们的一位邻居正在走向死亡的边缘。

200

人世间的葬礼，或许正是天使的婚礼。

201

真相逐渐被淡忘后，也许就会死亡。而在死亡真相的遗嘱里，将会留下七千条真情实事，作为料理丧事和建造坟墓之用。

202

实际上，我们从来只是给自己说话，只不过，有时候我们说话的声音大了些，才使别人也能听到。

203

显而易见的东西常常容易被忽略，直到哪一天被人一语道破。

204

假如银河不存在我们的内心之中，我们又怎么能够看到并感知到它的存在呢？

205

除非我是妙手回春的医生，否则，他们不会相信我是一位合格的天文学家。

206

大海给贝壳下的定义或许是诞生珍珠。

时间给煤炭下的定义或许就是蕴藏钻石。

207

名誉是热情站在阳光下所投射出来的影子。

208

开满花儿的树的树根，是一朵对名誉不屑一顾的花。

209

没有能够超过美的宗教，也没有能够超越美的科学。

210

在我所认识的大人物中，他们的性格中都有一些微小的缺点，正是这些微小的缺点，才避免了他们的懒惰、愚行以及自杀、自毁。

211

真正伟大的人，是那些从不压制别人，也从不为别人所压制的人。

212

我从不因为某个人杀了罪犯和先知，就认为他是一个平庸无能的人。

213

容忍是伴随着高傲症而产生的一种爱。

214

小虫子当然不可能不常常弯曲求生，可是大象有时候也不得不屈服，这一现象，难道不让人感到奇怪么？

215

争论，或许是沟通两颗心之间的最佳捷径。

216

我是烈火，我也是干柴，我的一部分常常摧毁着我的另一部分。

217

我们都在寻找圣山的最高峰，而假如我们把人生的过往仅仅当作一张地图，而不是一位向导，我们的路程是不是可以大大缩短呢？

218

当智慧高傲到不能哭泣，庄严到不再欢笑，自负到不肯看人，这时，智慧也不再是智慧了。

219

倘若我用你所知晓的一切，把自己填满，那么，哪里还有空间，用来盛放你所未知的一切呢？

220

从多言多语的人那里，我明白了如何才能沉默；从心胸狭隘的人那里，我学会了如何宽容别人；从凶恶残暴的人那里，我掌握了仁爱的做法。然而，非常奇怪的是，我对这些老师无法心存感激。

221

一意孤行的人，实际上就是失聪的演说家。

222

无言的妒忌远胜于激烈的争吵。

223

当你达到某一门知识的最高点时，你会发现，你又走进了新的感知和智慧的起点。

224

夸大实际上是失去了节制的真理。

225

假如你仅仅看到光芒所带来的一切，仅仅听到声音所宣告的一切，那么，你实际上什么也没有看到，什么也没有听到。

226

一个事实就是一条没有性别的真理。

227

你不可能做到既欢笑开怀而又冷酷无情。

228

离我心灵最近的是那失去了疆域的国王，和不懂得如何去乞讨的穷人。

229

一个羞愧赫然的失败，远比狂妄自大的成功更为高贵。

230

无论你在哪片土地上挖掘，都会寻找到珍宝。但是，你一定要像农民那样，满怀虔诚之心。

231

一只狐狸被二十位骑着马的人和二十条猎犬追赶，狐狸说："他们肯定是想抓住我、杀死我。但是，他们真是太懦弱、太蠢笨了！你看，要是二十只狐狸骑着二十头毛驴，再带着二十只狼去追捕一个人，可真是太不值得了啊！"

232

向我们自己制定的法律屈服的，是我们的心智。而我们的精神，是永远不会屈服的。

233

我是一位旅行者，我也是一位航海家，我每天在我的灵魂里，发现一个崭新的王国。

234

一位妇女愤怒地抗议说："这场战争当然是正义之战，因为我的儿子在这场战争中牺牲了。"

235

我对生命说："我想听一听死神的声音。"生命把她的声音提高了一点说："此刻，你听到的正是死神的声音。"

236

当你真正破解了生命的一切奥秘之后，你或许就渴望早点死亡。因为，死亡只不过是生命的另一个谜面。

237

人世间体现勇敢的两种最高贵的方式即是生和死。

238

我亲爱的朋友，在你我的生命之旅中，你和我永远都是陌生的，对于我们彼此，也永远都是陌生的，我们每个人对自己，也都是陌生的，直到有一天，你慢慢地说，我认真地听，我觉得你的声音就是我自己的声音时，那时候，当我在你的面前站立时，以为自己是站在一面镜子前。

239

他们对我说："你若能够了解你自己，你就能了解所有的人。"而我却认为："只有我了解了所有的人，我才能了解我自己。"

240

任何一个人，都有两个自我，一个自我在黑暗中清醒，另一个自我却在光明中酣睡。

241

隐士是这样的一个人：将支离破碎的世界遗弃在身后，以便无忧无扰地享受一个完整的世界。

242

在学者和诗人之间，隔着一片秀美的绿洲，学者如果从这片绿洲穿越过去，他就会变成为智者；而如果诗人从这片绿洲穿越过去，他就会变成先知。

243

昨天黄昏时分，我看见一群哲学家把自己的头颅装在篮子里，在集市上大声叫卖道："卖智慧了……卖智慧了！"

这是多么可怜的哲学家啊！他们必须出卖自己的头颅，才能喂养自己的心灵！

244

一位哲学家对一位马路清洁工说："我很同情你。你的工作既辛苦又肮脏。"

清洁工说："谢谢你，先生。请你告诉我，你是做什么工作的？"

哲学家回答说："我研究人的思想、行为和愿望。"

清洁工转过脸去，拿起扫帚，边扫地边笑着说："我也很可怜你、同情你。"

245

有时候，聆听真理的人并不比说出真理的人逊色。

246

在基本需求和奢侈之间，没有人能够划出一条分界线。或许，只有天使才能划出这么一条线，因为只有天使既睿智又殷切。

或许，天使就是我们在宇宙中最为高尚的思想。

247

在托钵僧的心中找到自己的宝座的人，才是真正的君主。

248

慷慨是指超过了自身能力的施予，而自尊则是少于自己最少需求的接受。

249

事实上，你不属于这个世界上的任何一个人，但你的一切却属于世界上的所有人。

250

所有曾经来到过人世间的人，此刻都与我们同在。我们中间的所有人，都没有人愿意做怠慢客人的主人。

251

希望获得最多的人，他的寿命最长。

252

他们对我说："十鸟在林，不如一鸟在手！"

我却要对他们说："一鸟一羽在树上停息，胜过手中把玩十鸟。"

你对那根羽毛的追求，就如同为我们生命的双足添翼。不，它实际上就是生命的本身。

253

整个世界，只有两大要素：美和真。美，深深潜藏在情人的心中，真，则埋伏在耕者的臂弯里。

254

伟大的美把我俘获，而更伟大的美却让我获得自由。

255

美在渴望他的人的心中，比看到他的人的眼中，更为绚丽多姿。

256

我喜欢那些向我倾吐自己心声的人，我敬重那些向我披露梦想的人，可是不知道为什么，在那些服侍我的人面前，我为什么十分腼腆，甚至有些惭愧呢？

257

昔日的天才们，常常把侍奉君主看成为光荣。而今，他们把服务贫民当作人生荣耀。

258

天使们都知道，那些太讲实际的人，都会蘸着梦想者眉宇间的汗水，来嚼食他们的面包。

259

风趣常常像一副面具，你若能将它摘下来，你就会发现一个恼羞成怒的天才，或是一个变着戏法的小聪明。

260

聪明的人说我十分聪明，愚蠢的人说我十分愚钝。要我说，他们说得都非常正确。

261

只有心中拥有秘密的人，才能猜到我们心中的秘密。

262

只能和你同甘，而不能和你共苦的人，他遗失了开启天堂七个门中的一把钥匙。

263

是的，尘世间存在着无忧之境。它存在于领着你的羊群走向绿色牧场的时候，存在于你哄着孩子进入梦乡的时候，存在于你创作诗歌时写就最后一行诗的瞬间。

264

早在历经悲欢之前，我们就已经选择了我们的悲哀和欢乐了。

265

忧伤是砌在两座飘香的花园之间的一堵高墙。

266

当你的欢乐和悲哀被不断放大时，世界就会随之变得越来越小。

267

生命的一半是热望，死亡的一半是冷漠。

268

我们今天最痛苦的悲哀，是对昨日快乐的回忆。

269

他们告诉我："你一定要在今生的快乐和来世的平安中作出一个选择。"

我回答他们说："我已经在心中选好了今生的快乐和来世的平安。"

因为，我清楚地知道，最伟大的诗人只有一首格律完美、韵律悠扬的
诗作。

270

信仰是每个人心中的精神绿洲，人类的灵魂驼队是永远也无法到达的。

271

当你到达你渴望到达的一个高峰时，你将因上一个渴望而产生下一个渴望，你将因上一个饥饿而产生下一个饥饿，你将为更大的渴望而产生新的渴望。

272

如果你对风泄露了你的一个秘密，那么，你就不应该责怪风向树林泄露了你的这个秘密。

273

开在春天的花儿，是天使们在早餐桌子上遐想的关于冬天的梦想。

274

鼬鼠见到夜来香说："你看，我跑得多快啊！可惜，你既不能行走，也不会爬行。"

夜来香对鼬鼠说："果真如此呢！最尊贵的疾行者，请你快快跑起来吧！

275

与兔子相比，乌龟能说出更多关于沿途道路上的风光。

276

非常奇怪的是，没有脊梁骨的动物，常常都有一个异常坚硬的壳儿。

277

说话最多的人，往往是最不聪明的人，可以这样说，演说家和拍卖商基本上没有什么区别。

278

你应该心存感激，因为你无须靠着父亲的名望或叔伯的财物在人世间生活。

你更应该感到欣慰的是，还没有任何人必须依靠你的名望和财产而在人世间生活。

279

观看杂技时，只有变戏法的人失手接不到球时，他才能把我的视线吸引过去。

280

嫉妒我的人，实际上在不知不觉间对我进行了夸奖。

281

在很长的一段时间里，你是母亲酣睡中的一个梦。母亲的梦醒了，你便呱呱坠地，来到了人间。

282

人类的胚芽，诞生于母亲的渴盼里。

283

我的爸爸、妈妈希望有一个孩子，于是就诞生了我。

我想要有个爸爸和妈妈，于是我诞生了黑夜和海洋。

284

有些儿女让我们感到不枉此生，而有的儿女却给我们留下了终身的痛苦或遗憾。

285

如果夜幕降临时，你也开始感到忧郁，那么请你躺下吧，尽情地享受忧郁。

如果黎明到来时，你依然感到忧郁，那么请你立即起床，站起来对即将到来的一天宣布："我依然忧郁。"

在黑夜和白昼间转换角色，那是十分愚蠢的。

你若白天一副面孔，晚上一副面孔，黑夜和白昼都会笑话你。

286

高大的山岭即便被云雾笼罩，也不会成为小丘陵。

不屈不挠的橡树即便遭遇寒冷的雨水，也不会变成为垂柳。

287

你们看，这里有一个似是而非、自相矛盾的谬论：深和高两端之间的距离，要比中点到两端之间的距离还要短。

288

当我像明镜一样站在你的面前时，你看着我，从我的身上看到了你的影子。

然后你说："我爱你！"

其实，你实际上并不爱我，你爱的只是我里面的你。

289

当你把友爱的邻居当成自己的享受对象时，这一行为就不再是一种美德了。

290

爱如果不能经常涌溢出来，他就可能会濒临死亡了。

291

你不能同时拥有青春和有关青春的知识。

因为，青春时代的你将会为生活而忙碌，而无暇去了解有关青春的知识。而知识则忙着追寻自我，它根本没有时间去享受生活。

292

也许哪一天你会站在窗边看着窗外的行人，你或许会看到一位修女从你的右边走来，一个妓女从你的左边走来。

也许你会轻率地说："这一位多么圣洁，而那一个又是多么卑贱啊！"

但是，假若你闭上自己的双眼，聆听片刻，你的耳中便会传来这样一番低语："一位用祈祷寻求自我，另一位则在痛苦中寻求自我。在两个人的灵魂深处，都有一座供奉我心灵的禅房。"

293

每隔一个世纪，拿撒勒的耶稣都会和基督教的耶稣在黎巴嫩的山中花园相聚。

他们将会进行一次倾心长谈。

每次道别时，拿撒勒的耶稣都会对基督教的耶稣说："我的朋友，恐怕我们俩，永远永远也无法达成共识。"

294

希望上帝能够把那些穷奢极欲的人喂饱！

295

每个伟人都有两颗心，一颗心在流血，另一颗心在宽容。

296

假如有个人，说了既不伤害你，也没有伤害任何人的谎话，你为何不在自己的心里说，那是因为他存放事实真相的房子太小了，已经无法容纳他的幻想和欲念，因此，他应该远离这儿，把幻想放到更广阔的空间去。

297

每一扇紧闭的大门背后，都有一个用七层封皮密封起来的秘密。

298

等候是时间的一双蹄子。

299

假若烦恼是你房间东墙上新开的一扇窗户，那么你会如何对待呢？

300

你或许能够把和你一起欢笑的人忘记，但你绝对不会把与你一同哭泣的人忘记。

301

在我们吃的盐中，一定存在着某种怪异而又神圣的东西。

因为，他既存在于我们的眼泪中，也存在于浩瀚的大海里。

302

我们的上帝，会在他崇高而慈悲的干渴里，将我们——露珠和眼睛——一同喝下去。

303

你不过是你的大自我的一片碎屑，不过是一张寻找面包的嘴，也不过是一只为了焦渴的嘴而盲目举着水杯的手。

304

只要你能超越种族、超越国家、超越自我！哪怕只有一腕尺的高度，你也能成为神一样的人。

305

假如我是你，我绝不会在低潮的时候埋怨大海。

船是一只好船，我们的船主也十分精明能干，唯一不适合的，是我们自己的肠胃而已。

306

我们长久寻找而找不到的东西，常常比我们已经得到的东西，让我们感觉到更珍贵。

307

假如你能坐在飞翔的云头上，你就不会看见两国之间的界线，也不会看到两个庄园之间的界石。

非常遗憾的是，你无法端坐在云头上。

308

七个世纪以前，有七只白色的鸽子从深谷飞到了覆盖着白雪的山顶上。

有七个人看到了白鸽子飞翔的过程，其中有一个人说："我看见第七只鸽子的翅膀下有一个黑点。"

如今，在那个山谷里，居民们都在讲述，说曾有七只黑鸽子，飞上了覆盖着白雪的山顶。

309

每年秋天，我都把自己的忧愁收集在一起，把它埋葬在我那花园里。

第二年四月，当春天赶来与大地成为伉俪时，花园里开出了既独特又美丽的花朵。

我的邻居们纷纷赶来欣赏美丽的花儿，他们对我说："当秋天再次来到时，在播种的季节里，请你给我们分赠这些美丽的花种，让我们的花园也像你的花园一样百花争妍。"

310

如果向众人伸出一双空空的手，却一无所得，这确实是十分让人苦恼的事；但若我伸出一只握满东西的手，却没有人需要，那才真的是让人万念俱灰！

311

我渴望着来世，因为在来世，我将会见到我还未写出来的诗，见到我还未画出来的画。

312

艺术是从真实的自然走向无穷无尽的跨越。

313

一件艺术品，正如萦绕的云雾雕塑而成的意象！

314

即便是那双用荆棘编成王冠的手，也胜过闲着无所事事的手。

315

我们最圣洁神圣的泪水，也从没有拜访过我们双眸中的路！

316

我们中的每一个人，都是曾经在世的君王或者奴隶的子孙！

317

如果耶稣的曾祖父知道在他的身体里面隐藏着什么，他怎么会不对自己心生敬畏、肃然起敬呢？

318

犹大的母亲对儿子的爱，会比玛利亚对耶稣的爱少吗？

319

我们的兄弟耶稣还有三个奇迹没有写进《圣经》：

第一，他和你我是一样的人；

第二，他具有极强的幽默感；

第三，他知道自己虽然被征服，但他仍然永远是一个征服者。

320

那个被钉在十字架上的人啊，你同时也是被钉在了我的心上了，那些刺穿你双手的钉子，也穿透了我的心壁。

明天，路过这各各他①的远方来客，他是不会知道，这里曾经有两个人流过血。

———————————

① 各各他是耶稣的受难地，亦称髑髅地。

这位远方来客，他会以为这里仅仅流过一个人的鲜血！

321

或许，你曾听说过，听说过那座福山。

它是我们这个世界上最高的那座山。

然而，倘若你登上山顶，心中一定会产生一个希望，那就是尽快走下山去，走到谷底，与居住在那里的人们一起生活。

这就是人们将这座山称之为福山的原因。

322

我们每一个被紧闭在语言中的思想，都需要我们用行动，才能一个个地将它释放！

疯　子

　　《疯子》是纪伯伦具有寓言性质的散文诗代表作，他运用丰富的想象力，赋予自然界的万物以灵性，让不同身份的人对话，并通过轻柔凝练的文笔、清晰俏丽的词语将一个个充满哲理韵味的寓言娓娓道来，给人以生活的智慧与启迪。

我是如何变成一个疯子的？

你问我，我究竟是如何变成一个疯子的？事情是这样的：

很久很久以前，众神还未诞生，有一天，我从沉睡中醒来的时候，发现我自己的所有面具都被盗了。我在地球上一共有七种面具，这七种面具全是我亲手设计、铸造，并使用了七个世纪。于是，我没有戴面具，赤裸着脸，在拥挤的大街上狂奔，一边大声呼喊着："抓贼！抓贼！抓这些该诅咒的盗贼！"

街上的男男女女都开始嘲笑我，有些人甚至害怕我而躲进房子中去。

当我跑到集市时，有一个青年人站在房顶上大声叫道："大家看，这个人是个疯子！"我抬起头看他，太阳光便第一次亲吻着我那毫无遮挡的脸，我的心灵深处再次受到了触动，我再也不想要什么面具了，我在精神恍惚中胡乱呼喊道："祝福啊，祝福你们！祝福你们这些盗走我面具的贼！"

就这样，我从此就成了一个疯子。

可是，我却因为在这种疯狂中，寻找到了自由和安宁的感觉，寻找到了孤独离群的自由感，以及不为世人所理解而产生的那份安宁感。因为，那些了解我的人，总想在某些方面奴役我。

但是，请不要让我因为这疯狂带来的好处而过多地骄傲。因为，即使被关入监牢，对于一个盗贼来说，也不用担心自己会受别的盗贼的伤害。

上　帝

在很久很久之前的日子里，当我的双唇第一次颤动着想说话时，我登上了神圣的山峰，对上帝说道："尊敬的主啊，我是你的忠实奴仆。你的意愿就是我的行为准则。我将生生世世服从于你。"

而上帝却没有回答我一个字，而是像狂风吹过一般，很快就从我的视野里消失得一干二净。

一千年过去之后，我第二次登上神圣的山峰，仰望着上帝说："亲爱的造物主啊，我是你亲手制造的产物，你用泥土把我捏造，使我有了生命。所以，我的一切都得益于你。"

上帝还是没有回答我一个字，还是如有千面翅膀的鸟儿一样，从我的上空飞速掠过。

又过了一千年，我再次登上神圣的山峰，对上帝说："上帝啊，我是你忠诚的儿子。你用仁慈怜爱之心给予我生命，我一定会用满腔的热情和崇敬之心去继承你的国度。"

这一次，上帝仍然没有答话，只是像遮盖远山森林的薄雾一样，从我的眼前飘过。

再一个千年之后，我再次登上神圣的山峰，对上帝说："我的神啊，我的心愿和我的归宿，我的完美无缺的神！我是你的昨日，而你是我的明天。我是你泥土深处的根，你是我在光明天空中开的花。在太阳升起之前，我们一同生长。"

这一次，上帝向我俯下身子，在我耳边说了几句甜美的话语，让我全身洋溢着幸福和快乐，就像大海接纳小溪一般，和我融为一体。

当我从山峰走到山谷和平原时，上帝永远和我在一起，与我同在。

我的朋友

亲爱的，我亲爱的朋友，我实际上并不像你眼睛中看到的我。你看到的我的外表，实际上只是罩了一件用仁爱、善果之线精心纺织的衣服。我的目的只是在抵挡你对我内心空间的不期而访，用你的好奇心把我严密地保护起来，掩饰我的粗心大意及一些不完美。

亲爱的朋友，掩藏在我体内的真正的我，是一个不让外人知晓的秘密，它深居在我的灵魂最深处，除了我之外的任何人都无法知道，它将永远是一个秘密，永久永久隐藏在那里，无人知晓，不被接近。

我亲爱的朋友，请你一定不要相信我对你说的所有话语，也不要相信我所做的一切。说实在的，我的谈话没有任何意义，不过是你思想的一种回声。我所做的一切，不过是你希望的一种幻影。

我亲爱的朋友，当你对我说："风将会吹向东方。"我可能会立刻回答："对，对，风正向东方吹。"因为我不想让你知道，我那随海波漂动的思想，并不能在风中飘飞。

当然，对于你来说，风已经撕破了我那陈旧思想的外罩，也就不想再了解我那漂飞在海上的真正思绪。对我来说，你不知道我的真实思想更好，因为我爱独自领略，我希望我独自漂在海上，与大海同流。

我的朋友啊，当你的白日刚刚来到，这时可能正是我的黑夜到来之时。但即便如此，我仍然可能在夜幕降临之后，向你大谈那中午舞动在山峦峰巅的灿烂阳光，向你描述它在舞动中所形成的山谷和田野上的浓荫密影。

我为什么和你们说这些？因为，你们听不到我在夜幕下吟唱的歌声，也看不见我的翅膀在群星间的奋力拍击。美妙啊，你既听不到也看不见所有的一切，因为我只喜欢独自一个人在夜幕下与黑夜倾心。

我的朋友，当你升入你的天堂的时候，恰是我坠下我的地狱的日子。尽管你和我之间隔着一道深渊，但你仍然热切地呼唤着我："我的同伴，我的好友！"我也深情地应答你："我的同伴，我的好友。"因为，我不想让你看到我在地狱的情景，那里熊熊的烈焰也许会烧伤你那明亮的眼睛，那里弥漫的烟雾或许会让你呼吸停止。我喜欢而珍视自己的地狱，不希望我的朋友们光临。因为，我只愿意自己独自待在自己的地狱中。

我的朋友，你说你崇尚真理，追求美德和维护正义。我附和效仿着你，我说人应该拥有这样体面的德行。然而，我在内心里却悄悄地嘲笑你，嘲笑你的德行。当然，我不会让你发现我的嘲笑，因为我只想独自一个人笑在心中。

我的朋友，你善良、严谨而明智，你实在就是一位完美无瑕的完人。所以说，我尊重你的尊严，我也理智、谨慎、恭谦地同你交谈。其实，这时的我是一个疯子，我只是离开了我所拥有的世界，在我的疯狂外罩上了一层厚厚的面具。之所以不让你看出我的癫我的狂，那是因为，因为我喜欢独自疯狂。

我的朋友，说真的，你实际上并不是我的朋友！但是，我又有什么办法？有什么办法才能让你知晓这一切呢？我们也不是同路人，尽管我们常常并肩前行，甚至有时手挽着手。

稻草人

有一次，我对稻草人说："你时时刻刻都是孤独地站在这片寂寞的田地上，你一定也感到厌恶而嫌弃了吧？"

稻草人开心地回答我说："能够吓唬人，使他人恐惧，实际上是一种深沉持久的乐趣。所以说，我热爱自己所从事的工作，从来没有任何厌倦的感觉。"

稻草人的话让我沉思，思考之后我对它说：

"你说得非常正确，我也从中体验过这种快乐。"

稻草人回答说："这种发自内心的快乐，只有像我这样用稻草填满身体的人，才能感受到个中快乐。"

稻草人的话让我默默走开，我不知道，不知道它对我是称赞还是贬损。

一年过去之后，那个稻草人变成了一位哲学家。当我再次从它身边走过时，我看到两只乌黑乌黑的乌鸦，正在它的帽檐下搭起了巢窝。

梦游人

在我出生的那个城市里，住着一对母女，母女两人都常常梦游。

一个幽静的夜晚，母亲和女儿几乎一起在梦中漫游，她们俩在一个充满浓雾的花园里相遇。

母亲一边走一边对女儿说：

"该死的，我的仇敌，你是一个邪恶的敌人！是你毁灭了我的青春，让我的青春灰飞烟灭。是你在我生命的废墟上建起了你的生活大厦！我时刻都在想，怎么才能够亲手杀了你！"

女儿回答说："你这个可恶、自私而又令人生厌的老太婆，是你扼杀了我自由自在的天性！你时刻在痴心妄想，妄想用我年轻活泼的生命，成为你那衰朽生命的回音！我天天盼望着，盼望着你早点死去！"

正在这时，传来一声鸡鸣，鸡鸣声唤醒了在梦中游走的母女俩。

母亲清醒过来，温情脉脉地大声叫了起来："啊，我的小宝贝儿！是你吗，是我的小鸽子吗？"女儿也柔声柔气地回答说："我亲爱的妈妈，是我，是您的宝贝女儿！我的好妈妈！"

两个隐士

在一座幽静的高山顶上，隐居着两个隐士，他们不仅仅膜拜上帝，而且彼此互敬互爱。

两位隐士甚至共用一只陶碗，这也是他俩仅有的财产。

有一天，有一个邪恶的魔兽钻入年长的隐士心中，变了心的年长隐士便来到年轻隐士面前说："我们共同生活了不短时间，已经到了该分手的日子。我们一起把财产分一下吧。"

年轻隐士惆怅忧伤起来，他愤然回答道："我很伤心难过。然而兄长，倘若你非走不可，那就满足你的要求吧！"

年轻隐士拿出那个陶碗说："兄长，这个陶碗是你我两个人仅有的财产，我们也无法平分它，兄长你自己拿走吧。"

年长隐士面呈怒色地说："我可不接受你的施舍，除了我应该得到的东西，不是我的，我什么也不会要。你应该把陶碗平分，我们各自拿走自己的那一份。"

年轻隐士说："这个碗一旦分成两半，对你对我都没有任何用处，若你愿意，就让我们抽签来决定它的归属吧！"

年长隐士还是不同意地说："只有平分才公平合理，我只愿要我自己的那一份。任何放弃公平原则的抽签占卜，把公平公正轻率地交给运气，我都不会同意的。我只要求平分我们共同的财产，也就是这个陶碗。"

年轻隐士情知没有办法和他再讨论和商量，只得妥协地说："既然这是兄长你的真实想法，即使把碗打碎你也毫不惋惜，那么请你把碗平分成两半吧！"

年长隐士面色变得十分阴暗，他大声叫骂道："你这个愚蠢呆钝的男人，你是这样胆怯，连争吵的理由和胆量都没有！"

一只聪明的狗

这一天，有一只聪明的狗遇到了一群猫。当狗走到猫群附近时，发现猫个个神情紧张，全神贯注，没有一只猫理睬狗的到来。狗好奇地停下了脚步，望着猫群。

只见一只个头较大的猫走出了猫群，它露出严肃的表情，前后左右望了望猫群说："兄弟姐妹们，让我们一起来祈祷吧！只要我们反复不断地祈祷，天上就会给我们降下一堆又大又肥的老鼠的。"

狗听了这句话，心中感到好笑，它一边离开猫群一边说："这群猫是多么愚蠢啊！从古至今的书上都写得明明白白，我和我的祖祖辈辈也都十分清楚，老天对祈祷者、恳求者、哀求者降下的不是老鼠，而是大大的肉骨头！"

施予与索取

很早以前，有一个人拥有满山谷的针。

有一天，耶稣的妈妈来到这里，恳切地对这个人说："我的朋友，我儿子的衣服破了，我一定要在他去圣殿前将衣服补好，你能不能送给我一根针呢？"

这个人没有给她针，而是给了她一篇演说词，题目是《施予与索取》，让她在儿子去圣殿前转交给她儿子。

七个化身

夜深深，万物俱静，我躺在床上半睡半醒，我的七个化身聚在一起低声交谈。

第一个化身说："我在这个疯人的身体里，被禁锢了多年。每天浑浑噩噩，除了白天品尝他的痛苦、深夜重复他的忧伤之外，了无生趣。我讨厌这种枯燥无味的人生，我时时刻刻要造他的反。"

第二个化身紧接着说："你可比我幸运多了！我被要求与这个疯子同欢共乐：他欢笑时，我也要欢笑；他快乐时，我要放声唱歌；他兴奋时，我要用生出三个翅膀的舞步来为他起舞。连你都想造反，我更应该立即反叛了？"

第三个化身说："我比你们两位更应该造反。我是一个被热情所感染的化身，是一个被狂放的激情和迷幻的欲望打上深深烙印的自我！我这充满病态热情的化身，难道不更应该反叛这个疯子么？"

第四个化身说："伙伴们，我与你们相比，要不幸多了。我要时刻跟着这个疯子去仇恨，憎恨他人，与疯子一起点燃心中的厌恶、仇恨之火。我是在地狱最黑暗的洞中诞生的，你看，我比与你们更应该造这个疯子的反。"

第五个化身说："不，最应该造反的是我！时刻慎思的我需要不断更新这个疯子那没完没了的梦想，激发其永不满足的饥渴，在无边宇宙里四处流浪，为寻找未知与未造之物永不停息，永远无法休息。我，我比你们任何人都应该奋起反抗这种安排。"

第六个化身说："你们多么幸福啊，而我又是多么不幸！我是卑贱可怜苦力的化身，我要用坚忍耐劳的一双手和一双不眠的眼睛，将生活编织得五彩斑斓，让那些低贱无形之物变为崭新不朽的形体。我这么一个孤独寂寞的化身，才最应该反叛这从不安宁、难得休息的疯子！"

第七个化身看了看前六个化身说："好奇怪啊，好奇怪！你们竟都要造这个可怜人的反！假如命运让我像你们中的任何一位一样，有着你们中间任何一位的好命运，我该会多么幸福啊！我是失业化身，什么也没有，终日无所事事，呆呆地坐在漫无天际的沉默与黑暗之中，而这时，你们的生活却时刻日新月异。大家都说一说，究竟是谁更该去造反呢？是我，还是你们呢？"

第七个化身说这段话时，其他六个化身都同情、怜悯地看着他，六个化身谁也没有再说一句话。

夜幕更深地降临了，众化身大都重新认识了自身那份工作，都怀着喜悦的心情逐一进入了梦乡。

只有第七个化身仍睁着一双大眼睛，凝望着隐藏在万物阴影中的空幻。

伸张正义

有一天晚上，王宫又一次举行盛宴，整个王宫热闹非凡。这时候，一个男子突然间闯入宴会厅，他匍匐在王子的脚下，向王子请安。所有宾客都无一不以惊异的眼光看着这位男子，因为他的一只眼睛已被剜去，鲜血正从他失去眼睛的眼窝里向外流淌。

王子关切地询问道："阁下，是什么灾难降临到你的身上？"

男子胆怯地回答说："王子殿下，我是个窃贼，今夜我趁天黑到一个钱庄行窃，正当我以为进钱庄时，却误入了隔壁的织布作坊里，我掉头就跑。由于天太黑了，我什么也看不清楚，不慎撞到了织布机的机杼，被机杼挂掉了这只眼睛。现在，我请求王子殿下主持正义，用法律惩罚织工。"

王子立刻派人把织布匠抓来，并下令剜掉织布匠的一只眼睛。

听到这个判决，织布匠对王子说："殿下，这个判决十分公正，理当剜掉我的一只眼睛。不过，我的职业需要我拥有两只眼睛，以便看清楚织物的两个边。不过，我有个邻居，他是修补鞋子的，他也有两只眼睛，而实际上他的职业只需要一只眼睛即可。您不如把他喊来，剜掉他的一只眼睛，以此维护法律的公正。"

王子听了这番话，立即派人叫来修鞋匠，并且让手下剜掉了修补鞋子的人的一只眼睛。

这样，正义终于得到了伸张。

狐　狸

　　早晨，太阳刚刚从东方升起，一只狐狸刚刚走出狐狸洞，他高兴地望着自己在太阳下的影子说："今天中午，我起码要吃一只骆驼。"之后整整一个上午，狐狸都在四下寻觅骆驼。

　　然而，到了中午，当太阳照在狐狸的头顶时，狐狸看到自己的影子，吃惊地说："哇，我只要一只老鼠也就够吃啦！"

聪明的国王

很久以前，在一个遥远的维兰尼城，有一位既威严又贤明的国王，他的威严让人们小心谨慎，他的智慧让他深受拥戴。

维兰尼城的市区中心有一口水井，其水清澈而透亮，一眼可望见井底，且水质甘甜可口，全城居民都喝这口井中的水，包括国王和大臣们，因为城里再无其他的水井。

有天夜里，大地万物都在熟睡，有一个女巫悄悄进入城中，向这口水井中投入了七滴魔液，然后诅咒说："从此以后，只要喝了这口水井里的水的人，都会变成语无伦次的疯子。"

第二天清晨，除了国王和宰相之外，城里的所有居民都喝了井水。果然，大家都变成了疯人，和女巫预言的一模一样。

城里很快就变了模样，从一个区到另一个区，从一个胡同到另一个胡同，大街上，市场里，人们都在交头接耳，都在窃窃私语，大家都在说："国王和宰相疯了，国王和宰相都失去了理智。我们绝不能让一个疯子国王统治国家。我们要罢免他，把他赶下台！"

当天晚上，听到这一切的国王，用从先人那里继承来的一只金杯子装满一杯井水。水一送到，国王便大口把水饮入腹中，然后又把金杯子递给宰相，宰相也大口饮水。

维兰尼城的居民们皆大欢喜，热烈欢庆，因为，他们认为，他们的国王和宰相从此不是疯子，恢复了正常。

理　想

三个人在一家小酒店中相遇。三个人中，一个是织工，另一个是木匠，第三个人则是掘墓人。

织工说："今天，我卖出去了一件制作精美的亚麻寿衣，得到了两个金币，让我们一起开怀畅饮葡萄酒吧！"

木匠接着说："你们来看看我，今天我卖出了一副上好的棺材，那我们就用最好的肉，一起畅饮葡萄酒吧！"

掘墓人看了看他俩说："尽管我今天只挖了一个墓坑，但雇主却给了我双倍的工钱。让我们在喝酒吃肉的同时再加点蜜吧！"

整个晚上，小酒店里为他们三个人忙个不停。因为他们三个人不停地加酒，不停地添肉，不停地要蜂蜜水。他们高兴到极点，时而欣喜若狂，时而拊掌大笑。

老板在一旁一边搓着手，一边微笑地看着妻子，脸上挂满了幸福的笑意。因为这三位顾客，花钱毫不在乎。

三人离去时，月亮已经高悬在头顶，三个人一起唱着、叫着，开心地离去了。

老板和妻子一直站在店门口，直到客人走得很远很远。

妻子对老板说："这几个人多慷慨，多大方啊！如果每天都是这样大方的顾客来店里，那我们该多幸运啊！那样，将来我们的儿子就不会在这样的小酒店里为生活奔波了。我们要用最好的上等教育培养他，让他成为一名体面的牧师。"

新乐趣

昨天深夜，我偶然间发现了一种新的乐趣。

当我刚刚享受这种新的乐趣时，眼见一位天使和一个魔鬼向我家而来，他们站在我家的门口，为我的新乐趣发生了争执。

天使大声肯定地说："这是一种十恶不赦的大罪。"

魔鬼声音更高地否定说："不，这不是罪恶，这是美德。"

另一种语言

在我来到人世间后的第三天，我躺在柔软舒适的丝绒摇篮里，惊奇地看着周围的全新世界。

我的妈妈问家中请来的奶妈说："我的孩子怎么样？"奶妈回答说："夫人，孩子的一切都挺好的。我已给他喂了三次奶，我第一次见到像他这样乖的孩子。"

听到奶妈的这些话，我气得哭喊起来，大声哭道："奶妈所说的不是真的，我的妈妈，别相信奶妈的那些话。实际上，我的床还是太硬了，我吃完奶满嘴苦味，奶妈的乳房充满了刺鼻的腥臭味。我十分难受啊！"

可是母亲听不懂我的话，奶妈也不知道我说了些什么。因为我说的话，只属于我出生时的那个世界。

我来到人世间的第二十一天，那是我接受洗礼的日子。神甫对我妈妈说："夫人，你真有福气，我祝贺你。你的儿子是个天生的基督教徒的料子。"

我惊讶地对神甫直言："如果真像你所说的这样，那么你在天堂里的妈妈一定不会开心，因为你生来可没有基督教徒的潜质。"

神甫一样听不懂我对他说的话。

七个月后的一天，来了一位预言家，预言家在细细看过我的脸之后，告诉我的妈妈说："你的儿子将来一定会成为一名人们顺而从之的杰出领袖，成为伟大的政治家。"

我用尽全力，大声喊起来："他是一位骗人的预言家。我知道我将学习音乐，我只当音乐家，别无选择。"

然而，直到那时，我的话仍然是谁也听不懂。

又过去三十三年，这时候我的妈妈及奶奶、神甫都已经一一离开了人世（愿上帝保佑他们的灵魂），只有那位预言家仍活在人间。就在昨天，我在庙门前碰到了预言家，同他进行了深入的谈心，我告诉他，我已经走上音乐之路。预言家对我说："我早就已经预见到你将会成为大音乐家，早在你七个月大的时候，我就对你妈妈说到了你的这种未来发展。"

这时候的我，相信了预言家的话。因为如今的我，早已忘记了我曾经熟识的那个世界的另一种语言。

石　榴

我曾经生活在一只石榴心里。有一天，我突然听到一颗石榴籽在说话："未来的我，将会变成一棵参天大树，微风会在我的枝条间唱歌，阳光将在我的绿叶上跳舞。我将在四季里高高挺拔，秀颀丰整。"

另一颗石榴籽开口回答说："在我像你这么年轻时，我也做过和你一样的美梦。可是时至今日，当我已经对世事明察之时，我终于认识到，小时候的那些美妙幻想全都不过是一些虚妄的空想。"

第三颗石榴籽附和说："我也看不出我们中间的哪一位会有什么伟大的未来。"

第四颗石榴籽接着说："假如我们的一生没有辉煌的未来，那么这一生活得又有什么意义呢？"

没等第四颗石榴籽说完，第五颗石榴籽抢着说："我们现在连我们自己今天是何物都不明了，却在为我们的未来而争执，有什么意义呢？"

第六颗石榴籽接过话题说："我们现在是什么，我们的未来就是什么，因为生命是延续的。"

第七颗石榴籽说："在我的心灵深处，我对未来有着清晰的图像，然而我无法用语言表达出来。"

接着，第八颗、第九颗、第十颗以及许多颗石榴籽都先后说了话，只因声音杂乱，想法各异，我实在记不清它们究竟说了些什么。

就在那天，我果断地离开了石榴，搬到了一只榅桲果子里，那里种子不多，从此生活静谧、安宁。

囚徒兄弟

在父亲的花园里，有两只笼子。

其中一只笼子里关着一头雄狮，它是父亲的仆人从尼尼微古城附近的大沙漠里带回来的；另一只笼子里关着的是一只早已不会唱歌的欧椋鸟。

欧椋鸟会学人说话，它每日黎明时刻都要问候雄狮，说："囚徒兄弟，早晨好！"

三只蚂蚁

有一位男子仰睡在温暖的阳光下，三只蚂蚁悄悄地爬到他的鼻尖上。三只蚂蚁按照各自部落的礼仪互相致意后，便停在那儿交谈起来。

一只蚂蚁说："我们脚下的丘陵和平原，是我平生所见过的最贫瘠的地方。我转来转去转了一整天，想找到哪怕一粒粮食，但却什么也没找到。"

另一只蚂蚁说："我常听人说到一个光秃地，说这光秃地会转能动，寸草不生，我们今天可能就是走在光秃地上了，因为我走遍了它的角角落落，也是空无所获。"

第三只蚂蚁慢慢地抬起头来说："我的朋友，我们仨现在正站在一只超级巨蚁的鼻子上。这是一只威力无穷、力大无边的巨蚁，其体型之大，大到令我们的眼睛难以看见边界，它的身影宽到我们无法逾越，它的声音高到使我们的耳朵难以承受。这只永恒的巨蚁无所不在。"

第三只蚂蚁刚说完，另外两只蚂蚁相互间交换了眼色，不约而同地大笑起来。

正在这时，仰睡的男子动了动身体，伸手挠了挠鼻子，三只蚂蚁顷刻间全都被他的手指头捻为粉尘。

掘墓人

昔日的一天，我在埋葬一个我死去的化身时，忽然见到掘墓人来到我的面前。掘墓人对我说：

"在所有到这个墓地来举行葬礼的人中，你是我唯一喜欢的人。"

我于是问道："你的话让我受宠若惊，我十分高兴。然而，你为什么只喜欢我一个人，而不喜欢其他人呢？"

他回答说："因为，别人都是流着泪来，流着泪走，哭泣不停，唯有你来去往返的路上都笑意满满。"

圣殿的台阶上

昨天天还没有全黑的时候，我在圣殿的大理石台阶上见到一个女子。

女子坐在台阶上，有两位男子一左一右地站在她两旁，都侧着脸望着她。

让我奇怪的是，女子的右面庞是苍白而微青的，而左面庞却红润而有光泽。

圣　城

在我年轻的时候，曾听人们谈到这样一个城市，城里的每一个人都按照《圣经》上的教义生活。我当时在心中暗自决定："我要去寻找到那座城市，以在那里幸福生活。"

那个城市很遥远，我备好行囊，经过四十四天的风餐露宿，终于来到那座城门的附近。第二天，我终于走进了城门。然而，让我大惑不解的是，这个城里的居民都是独眼单手。

震惊之余，我自言自语般问道："难道生活在这座圣城里的人们，都必须是独眼单手吗？"

这时，我发现这个城里的人们比我更加惊异地望着我，他们对我的双目双手感到异常奇怪。

正在他们交头接耳私下交谈时，我问他们说："你们生活的城市，就是所有居民都必须按照《圣经》教义生活的圣城吗？"

他们回答说："是的，这正是那座圣城。"

我又问："那是什么灾难降临到你们身上了么？你们的右眼和右手到哪儿去了呢？"

居民们可怜我的无知。他们说：

"你跟我们来看一看吧！"

他们把我带到坐落在城市中心的一座圣殿里。

我一进殿门，就见到殿堂中那一堆堆眼球和断手，这些眼球和断手早已萎缩干枯。我惊愕不已，大声地问他们："天啊，上帝啊，请你们告诉我，是哪个征服者如此残忍，砍下了你们的手，挖掉了你们的眼？是什么人犯下如此的罪恶啊？"

我的问话引起人群的一片骚动，所有的人都认为我愚昧无知。这时，一位老人走近我，对我说："这些都是我们自己做的啊！上帝征服了降在我们身上的恶魔，我们便要连根拔掉罪恶的幼芽。"老人随后把我领向一个高高神坛，人们紧紧地跟随着我们。老人指着刻在祭坛上的经文，要我好好领会一下，我便读道：

"若是你的右眼让你失足，那么就将右眼剜下来丢掉；宁可失去百体中的一体，不叫全身丢在地狱里。若是右手让你跌倒，那么就将右手砍下来丢掉；宁可失去百体中的一体，不叫全身下入地狱。"[①]

我终于明白了，所有秘密的原因全部在此。我转过身来看着他们问道："难道，难道你们当中已经没有一个人有双眼双手了么，包括所有的男子或女人？"

他们几乎同声回答："没有，一个也没有，除了尚未成人的小孩子，我们没有一个人能够保全双眼双手。小孩子还有双眼双手，那是因为他们还没读过《圣经》，不了解神的戒律。"

我默默地从圣殿走了出来，头也不回地离开了那座被神赐福的圣城。因为我已经成人，而且能读《圣经》了。

——————————

① 《圣经·新约》中的《马太福音》第五章第二十九节，第三十节。

善神与恶神

有一次，善神与恶神在一个山顶上相遇了。

善神对恶神说："你好啊，兄弟！"

恶神一言未发。

善神随后又说道："兄弟，看来你今天心情不好啊。"

恶神回答说："是啊，我不高兴！这段时间，人们常常把我误认为你，他们常用你的名字来称呼我，这令我非常不开心。"

善神说："哦，亲爱的朋友，我也常常会遇到这种情况，人们常常用你的名字来称呼我，把我当成了你。"

恶神愤愤地离去，边走边咒骂着人们的愚昧无知，称这些人愚不可及。

挫　折

挫折，我的挫折！我的孤独和我的超然！
对我来说，你比一千个胜利更加珍贵。
在我心中，拥有你比拥有全世界还要甘甜！

挫折，我的挫折！我的自知和我的轻蔑！
于是你让我知道，我还是一个年轻人，
我的步伐依然敏捷，
还不至于会被凋零干枯的桂冠截留。
我因你而感到了孤独，感到了寂寞，
也饱尝了逃亡和低下卑贱生活的摧残。

挫折，我的挫折！
我那锋利的宝剑和我那闪光盾牌啊，
在你的眼神中，我读到了：
人一旦拥有了权力，就会被束缚；
人一旦被人理解，就会被降至平庸；
人到达完美境地的日子，便是即将入土之时；
人就像果实一样，一旦成熟，便会落蒂，就要脱枝。

挫折，我的挫折！你是我无畏的朋友！
只有你，

才能够听得见我的歌声、我的哭泣还有我的沉默！

也只有你，

才会对我诉说那拍打着的翅膀、波涛汹涌的大海

和漆黑夜里慢慢生长的火山！

也只有你啊，才能够独自登上我那险峻多石的灵魂之山！

挫折，我的挫折！你是我不灭的勇气！

你与我，将在暴风中携手共欢，

你与我，将会为我们身上逝去的东西一起去掘墓，

你与我，一起带着理想坚定地站在太阳下，

我们一起，将会异常强大，给世界以惊喜！

夜神与疯子

疯子："亲爱的夜神，我和你一样，晦暗而赤裸。我行走在灼热的小路上，这条路正延展在我白日里的梦幻中。每当我的脚接触到地面，那里便会长出一棵巨大的橡树。"

夜神："不，不，疯子啊，你并不像我。因为你常常还会回过头去，去看你留在沙地上的足迹有多大。"

疯子："夜神啊，我和你真的是一样的，寂静而深邃。在我孤独寂寞的心底，躺着一位即将分娩的女神，天堂和地狱借助这新生儿的天性，实现彼此相毗连。"

夜神："不，不是的疯子，你并不像我。因为在痛苦面前，你依然战栗，听到来自幽暗深渊的歌声，你仍然会害怕得丢魂失魄。"

疯子："夜神啊，我和你真的一样，既专制而又暴虐。在我的耳畔，充满了来自被征服的民族的号丧，以及那些被遗弃土地的哀号。"

夜神："不，真的不是的。疯子，你和我真的不一样。你仍然把你的小自我当作同伴，而不能将你的大自我视为至交。"

疯子："夜神啊，我和你真的一样，残暴而可怕。只有看到大海上被炮击起火的舰船，我的心里才感到幸福；只有嘴唇吸到相互残杀的勇士的鲜血时，我的口腔才能感觉到有滋有味。"

夜神："不，疯子，我和你真的不一样。因为在你的心中，你依然思念着你的崇高灵魂，还不能随心所欲支配你自己的行为。"

疯子："夜神啊，我真的和你一样，既幸福又快乐，那居于我身影中的男子正饮酒而醉，那与我结交的女人正纵情狂欢。"

夜神："不，疯子啊，你和我真的不一样。因为你的灵魂仍被那七层纱布紧紧包裹，至今都没有将你的心托在手掌上示人。"

疯子："夜神啊，我真的和你一样，既坚韧而又抑郁。我的心中有无数座坟墓，里面葬着为爱殉情的男女，枯萎的亲吻成为他们的裹尸布。"

夜神："疯子，你和我一样吗？你真的和我一样吗？你能像驾驭烈马一样驾驭暴风骤雨吗？你能像手握利剑一样举擎闪电吗？"

疯子："夜神啊，我真的和你一样。我像你一样全能，一样强大。我在众神的尸堆上建起我的御座，我让白昼从我面前低头通过，让他们只敢亲吻我的衣角，却不敢仰视我的面孔。"

夜神："你像我吗？我最阴郁的孩子，你和我一样吗？你真的像我？你能够以我不羁的想法为想法吗？能够以我博大雄辩的语言为语言吗？"

疯子："夜神啊，我们是一对孪生兄弟。夜因为你而变幻无边的空间结构，而我则能展示人们心灵的秘密。"

脸

　　我曾见过一张能变幻出上千种表情的脸，也曾见过永远只有一种表情的脸，这张脸仿佛是用一个模子雕刻出来的。

　　我曾见过这样一张脸，我从它那张光彩夺目的脸上，看到内心的污秽丑恶；我也曾见过一张脸，我不得不肃然仰视，才能发现它那被遮盖着的端庄俊美是如此动人。

　　我见过许多布满皱纹却空洞无物老朽之脸，也曾见过虽平润光滑却充满智慧的青春笑脸。

　　我善看形形色色的脸庞，因为我能够透过自己的眼睛织就的视网，去明察那藏在脸皮后面的真面目。

被钉在十字架上

我大声地向人们呼喊："我希望人们把我钉在那高高的十字架上！"他们说："凭什么你要把你的血溅在我们的头上？"我告诉他们说："倘若你们不把疯子钉在十字架上，你们又如何才能炫耀你们自己的快乐呢？"

他们认可了我说的话，于是把我钉在了十字架上。钉在了十字架上后，我灵魂中的风暴这才逐渐平息。当我高悬于天地之间时，人们开始抬起头来仰望着我，这时他们个个得意扬扬，因为他们的头从未如此高昂过。

正当人们聚集在十字架周围仰望我时，一个人高声向我问道："你这个人是在赎什么罪啊？"

另一个人也大声问道："告诉我们，究竟出于什么原因，使你要自我捐躯，用作祭品呢？"

第三个人问我："你是犯傻吗？你是想用这样的代价去换取世间的荣耀吗？"

第四个人像发现了新大陆似地说："你们看呀，他还在悄悄地微笑呢，他真能忍受得了这样的痛苦吗？"

这时，我注视着他们，回答了他们所有的问题："请记住我的微笑吧，不要再记其他任何东西！我并不需要赎任何罪，也不想捐躯，更不贪图世间的所谓荣耀，也没什么需要宽恕和忍耐的。但是，我口干了，求你们把我的血给我痛饮。除了自己的血，还有什么可以让一个疯子解渴的呢？我已经不能说话了，求你们让我用伤口说话。我本是你们日夜牢笼中的囚徒，我已找到了一条路，这条路可以把我带往一条通往更广阔时空的门扉。

"我现在就要远行了，远行到许多在我之前被钉在十字架上的人们所到达的地方。你们千万不要认为我讨厌被如此钉在十字架上，因为我们注定将要被比你们更为强大的人钉在更为广袤的天地间的十字架上。"

天文学家

在教堂的阴影下，我和我的一位朋友，看见一个盲人独自坐在阴影中。那位朋友对我说："他是这个世界上最聪慧、最有学问的人。"

我于是离开了朋友，走近盲人，和盲人打过招呼后，在他身旁坐下，开始了我们的交谈。聊了一会儿之后，我问道："先生，请原谅我的冒昧，但我很想知道您是何时开始看不见东西的？"

他回答说："从我刚生下来的时候开始。"

我又问："您一直追随着怎样的学术之路呢？"

他回答说："我是一个天文学家。"

然后，他把手放在胸前，补充说道："我能够看到太阳、月亮，还有所有的星星。"

最大的渴望

在这儿，我坐在我的哥哥高山与我的妹妹大海之间，我们三个，都是同样的孤独和寂寞，把我们连接在一起的爱是那样深沉、强烈、奇异。

这友爱比我的大海妹妹的深度更深，比我的高山哥哥的力量更强，比我的疯狂更奇异。

自从我们第一次相识的那个灰暗的黎明以来，岁月已经驱散了我们眼前的黑暗，使我们能够相互看见。

我们目睹了无数次诞生、繁荣与消亡，而我们依然年轻，且充满对世界的热爱。

然而，尽管我们年轻且对世界充满热爱，然而我们依然孤独寂寞，无人拜访。

我们相互间常常紧紧地拥抱，然而内心却得不到慰藉。如何才能抚慰我们被压抑的欲望，又如何才能释放我们如火的激情？

到哪里去寻找火焰之神，请他来温暖我大海妹妹冰冷的床被？

到哪里去邀请雨流仙子，请她来熄灭我高山哥哥烈焰般的欲望？

那个让我魂牵梦绕的女子，你现在又在什么地方？

在静寂无声的寒夜里，大海妹妹在梦中时时呼唤着火焰之神的名字，高山哥哥不停地召唤着远方的雨流仙子，只有我，我在梦中不知道应该呼唤谁！对上帝发誓，我真的不知道我要呼唤谁！对上帝发誓，我真的不知道怎么办！我和高山、大海坐在一起，我们同样孤寂，一样可怜，只有深沉、强烈和奇异的爱，将我们紧紧联系在一起。

草叶说

一棵小草对一片秋叶说："你从树上落下时发出那么大的噪声，打断了我所有的冬梦！"

秋叶气愤地回答说："你这个出生低下的东西，既不会唱歌又乱发脾气的小东西！你从来没有能够生活在高空中，当然听不出这自然之歌的美妙了！"

秋叶说罢，就躺在地上开始沉睡了。

又一个春天来了，秋叶从沉睡中醒了过来，她不知道，她已经变成了一棵小草了。

又一个秋天到来了，小草又要开始冬眠了。这时，小草的头顶上又有数不清的落叶从四面八方飘落，小草不胜厌烦，不厌其烦地对自己嘀咕道："这些让人厌烦的叶子啊，她们发出这么大的噪声，打断了我的所有冬梦。"

眼　睛

　　有一天，眼睛说："我看见一座浓雾覆盖着的山峰，就在这片山谷的那端。这是一座多么美的山啊！"

　　听了眼睛的话，耳朵问道："你说的那座山峰在哪儿啊？我怎么听不到它的声音啊？"

　　手也跟着问道："我既感觉不出哪里有山，我也摸不到你说的山，我认为根本没有什么山。"

　　鼻子也说话了："根本没有什么山，我闻来闻去也没有闻到山的味道。"

　　眼睛转向另一个方向发现，耳朵、手、鼻子正聚在一起，议论眼睛产生如此幻觉的原因。它们得出的一致结论是："眼睛无疑生病了。"

两个有学问的人

　　从前有一个古城叫阿福卡，古城里住着两位有学问的人，他们相互看不起对方的学识，也相互讨厌对方的人品，两个人中，一个人认为没有上帝，另一个人则是上帝的信徒。

　　有一天，两个人在集市里相遇了，他俩于是在各自的追随者面前展开了上帝是否存在一事的争辩。争辩了长达数小时，不分高下，只得各奔东西。

　　就在那天晚上，那位不相信上帝的人走进教堂，跪在祭坛前，祈求上帝宽恕他昔日的妄为，从此，他变成了一位上帝的信徒。

　　几乎就在同一时刻，那个曾经的上帝信徒，带着他的《圣经》，来到集市，将《圣经》烧毁了，他变成了一位不相信上帝的人。

当我的忧愁降生时

当我的忧愁降生的时候，我悉心地培育它，用温柔的爱去守望它。

于是我的忧愁就像所有的生命那样，不断成长，变得健壮而美丽，充满着令人开心的喜悦。

我和我的忧愁相亲相爱。我们也都爱着周围的世界。我的忧愁心地善良，我的心由于有了忧愁而变得善良。

我和我的忧愁一起交心，我们的日子像长了翅膀一样飞逝而过，甚至连夜晚也充满着梦幻。因为我的忧愁伶牙俐齿，侃侃而谈，所以也将我变得能言善辩，牙白口清。

我和我的忧愁一起歌唱时，我的邻居们都会临窗聆听，因为我们的歌声像大海一样深沉，我们的旋律像记忆一样美妙。

我和我的忧愁一起漫步时，人们用热爱与仰慕的目光注视着我们，用最甜美的话语称道着我们。当然，也有极少一部分人，目光中流露出嫉妒。因为我的忧愁纯洁高贵、风雅飘逸，我为之深深自豪。

可现在，我的忧愁也像所有的生命一样死去了，只留下我孤身一人，独自在人世间思索和想象。

而今，每当我要开口说话时，我的耳朵便觉得我的声音既沉又笨；每当我要唱歌时，再也不会有邻里临窗而坐；每当我在街头漫步时，再也不会有人回头去看一下我的脸庞。只有在睡梦中，我才可能听到一个怜悯的声音在说："你们来看，你们来看啊！这里躺着一个人，他的忧愁已经早已死去。"

当我的快乐降临时

当我的快乐降临时，我用双臂拥抱着我的快乐，站在房顶上高声呼喊道："邻居们，朋友们，大家都来看，我的快乐在我这里降生了！都来看，看我的快乐在太阳下欢笑是一件令人高兴的事情啊！"

但却没有邻居来看我的快乐，让我十分诧异。

整整七个月，我每天都站在屋顶上向人们展示我的快乐，然而仍然没有人来看我和我的快乐。我和我的快乐孤独寂寞，无人理睬。

我的快乐开始变得面色憔悴，日显疲惫。因为除了我，再没有其他任何一颗心为它留守，再没有别的任何一个嘴唇会去亲一亲它的唇。

我的快乐终于在冷清中死去。现在我只有在忆起我的忧愁时，才可能会想起我那已经死去的快乐。然而记忆就如同一片秋叶在风中低语，片刻之后便又无声无息了。

完美世界

掌管失去了灵魂之人的神灵，迷失在众神灵之间的神啊，请你听我说，守护着我们命运、主宰迷惘灵魂的神啊，请你听我说：

我生活在一个完美的种族之中，但我却是最不完美的。

我是一个思想紊乱充满困惑元素的生物，却游走在这样一个完美世界之中。那里有完善的法律、严格的制度、有条不紊的思想，甚至连人们的梦境也条理分明，就连他们的幻想也一一登记在册。

上帝啊！他们的美德要用尺度量，他们的罪过也可用秤称量，甚至那些在昏暗的晨曦里无法分清善和恶的琐事也要登记造册。

在这里，他们将日和夜分成若干部分，用精确的规则来进行管理。

吃饭、喝水、睡眠、穿衣、厌倦、烦闷……各有时间。

工作、玩耍、唱歌、跳舞、休息……也都有钟表提醒。

规定这样思考，规定这样感受，当星辰在地平线上升起时，大家一同放弃思考与感受。

面带着微笑抢夺邻居的东西，双手用优雅的姿势送上礼物。严谨地去颂扬一件事，谨慎地去责备一个人，因为一句错话便毁掉一个灵魂，因为一次亲吻就烧毁一个躯体。当一天工作结束时，人们在黄昏时分洗净双手，忘记所有的一切事情。

按照规定了的程序去爱慕，根据既定的模式去欢愉，在适宜的时候去祭拜上帝，设法去欺骗那些不信上帝者，然后如同失忆般忘记所发生的一切。

有目的地设想，有企图地去预谋，谨慎小心地去享乐，去承受那份早已规定好的高贵，然后倒净杯中之酒，以便明天再次将杯子装满。

上帝啊，上帝！所有这一切，都已预先设计好了，先定下计划然后生产，被精心照料，用各种制度约束，接受理智指引，按照既定的方式死去，然后被埋葬，甚至其坟墓上也标有排好了顺序的符号和数码。

这是一个绝顶完美世界，一个美到了极顶的世界，一个非凡绝妙的世界，是上帝花园中的最成熟的那枚果子，是世界上万物之主的最美天地。可是，上帝啊，我为什么要在这里呢？我是一颗充满激情的未熟的绿果，我为什么要在这里呢？我是一阵东跑西窜的旋风，我为什么要在这里？我是一块来自焚毁星球的陨石，我为什么要待在这完美世界之中？

掌管失去了灵魂之人的神灵啊，迷失在众神灵之间的神啊，我为什么要待在这完美世界之中啊？

流浪者

《流浪者》是纪伯伦的经典作品之一，收录了一个个自出机杼的短篇故事，以最为平易的方式和散文诗的语言呈现出作者的哲人心智，以思想的珍珠和心灵的宝石为之装点出又一个神奇的缤纷世界。

流浪者

我在十字路口遇见那个人时。他只穿了一个斗篷，手里拄着拐杖，其他一无所有，脸上呈现出痛苦的模样。我们相互打了个招呼问好之后，我对他说："请你到我家来做客吧！"

他接受了我的邀请，于是跟着我回家了。

我的妻子和孩子到门口来迎接他，他对我们报以微笑，我们全家人也非常欢迎他的来到。

他和我们全家人一道围着一张大圆桌坐下，我们全家人为见到这么一位充满神秘色彩、极少言语的客人感到开心。

晚饭之后，我们一起围坐在火炉旁，我问起他的流浪历程。

那天从晚上一直讲到第二天，他给我们讲述了许多独具特色的故事。不过，我现在向你讲的，只是他痛苦的流浪历程中最辛酸和苦涩的一部分，虽然他是那样心平气和地对我们讲述的。这些故事充满了他的风尘的痕迹和艰难忍耐。

他在三天之后离去了，我们觉得不像一个客人离去，我们觉得他像我们家中的一员，觉得他刚刚进入家外的花园，即将走进家门。

衣 服

有一天，美神与丑神恰好一起来到海边。两人不约而同地说："我们一起到大海中去游泳吧！"

两人一起脱去身上的衣衫，跳入海中畅游起来。没过多久，丑神便停止了游泳，返回到岸上，穿起美神的衣服就走了。

不久，美神也停止游泳，回到岸上，美神找不到自己的衣服，只好穿上丑神的衣服离去。

所以，自那天开始直至今日，人们常把美当作丑，把丑当作美。

当然，仍有那么一些人，他们记住了美神的模样，尽管美神穿着丑神的衣衫，他们依然能够认出美神。还有一些人，记住了丑神的模样，即使丑神穿着美神的衣衫，但却逃不过他们的火眼金睛。

鹰与云雀

一只鹰与一只云雀相遇在高山顶上的一块岩石上。云雀有礼貌地问候道:"早晨好,先生!"鹰望了望云雀,低声鄙视地回应说:"早晨好!"

云雀又发自内心问候说:"祝你万事如意,先生!"

鹰有点不耐烦地回答:"是啊,我们都万事大吉大利。可是你要知道,我是百鸟之王,我不主动跟你说话,你是不应该先和我打招呼的。"

云雀不好意思地说:"我以为我们是同一个家族的呢!"

鹰鄙夷地看了看云雀,不屑一顾地说:"谁告诉你,我和你是同一个家族的呢?"

于是云雀回答说:"关于这一点,我倒要提醒先生一下:我能和你飞得一样高,我还能唱歌,给大地上其他生物送去快乐;而你呢?既不能为他们带来享受,也不能给他们带来快乐。"

这话让鹰十分生气,他怒道:"快乐和享受!你这个放肆的小东西,净在胡扯!你整个身躯还不如我的一只脚那么大。只要我用嘴一啄,就能结束你的性命。"

于是,云雀飞起来,跳到鹰的背上,用力啄起鹰的羽毛。这一举动让鹰大怒,他决定飞到高处,急速飞行,以甩掉云雀。然而,他却未能如愿,怎么也甩不掉云雀,失败了。最后,他无可奈何地落回到了起飞的那块岩石上,云雀仍然踩在它的背脊上。鹰十分不高兴,一边上蹿下跳,一边大骂云雀,一边诅咒这个倒霉的时辰。

此刻,正巧有一只小乌龟路过这里,小乌龟见到云雀骑在鹰的脊背上,感到十分有趣,哈哈大笑不止,笑得前仰后合,几乎因为大笑而摔下石块。

鹰更瞧不上小乌龟，他骂道："你这个慢慢爬行的东西，成天弯腰驼背地艰难行走，永远趴在地面上，你笑什么？"

小乌龟一边开心地看着这一情景，一边开心地回答说："因为我看见你变成了一匹马，让云雀骑在你身上，做你的主人，小鸟都比你高明。"

鹰生气地说："你少管闲事，忙你自己的事情去吧！这是我与云雀小妹之间的家庭问题，你这个外人，插什么嘴呢？"

情　歌

　　从前，有一位诗人写了一首情歌，歌写得十分优美。他把这首情歌抄了好几份，分别寄送给身边的朋友和相识的男男女女们。

　　他甚至给他仅见过一面的一位姑娘也寄去了一份手抄的情歌，这位与他只见过一面的姑娘，住在他家的山后。

　　没想到，只过了一二天，姑娘就派人送来了一封信。姑娘在信中写道："请允许我告诉你，我深深地被你写给我的情歌所打动。请你收到信后，立即就来我家，来拜见我的爸爸妈妈，当面商量一下我俩的订婚事宜。"

　　诗人收到姑娘的来信后当即复信说："我的朋友，这不过是一个诗人按照常理写的一首发自内心的情歌，每个男子都可以把这首情歌唱给每位姑娘听的啊。"

　　姑娘收到回信后，极气愤，很快又写来一封信说："你这个花言巧语的骗子！因为你的原因，从今之后，我将在我的一生中，憎恨所有像你这样的诗人！"

泪与笑

黄昏时分，在尼罗河畔，有一只鬣狗遇到了一条鳄鱼，他们停下脚步，互相致意问安。

鬣狗向鳄鱼问道："先生，你这些日子过得怎么样呀？"

鳄鱼很不开心地回答道："唉，我的日子过得十分糟糕啊！有时候，我因痛苦和烦恼而伤心，哭泣流泪，可我一哭，周围的人总是说：'不过是鳄鱼的眼泪罢了。'这话让我十分伤心，伤心到没有办法说明白的地步。"

鬣狗附和说："不只是你一个人有痛苦和烦恼事，你站在我这边，想想我的处境，哪怕是想极短的一段时间呢！有时候，我看到世界上最美的景色，心中就充满喜悦，就像从黑暗的林中看到白昼那样高兴。可是，林中的人们却说：'这不过是鬣狗的欢笑罢了。'"

注：鳄鱼的眼泪，意为假慈悲；鬣狗的笑，意为狰狞的笑。

集市上

有一天，有一位漂亮的村姑来到集市赶集。姑娘的脸庞如百合般纯洁、似玫瑰般红润，一头秀发像夕阳时分的金色晚霞，她的双唇诱人，呈现出清晨第一缕阳光那样的明媚微笑。

这位美貌的女子一出现，就被男人们盯上了，他们纷纷围拢在她的身边，千方百计地表现自己。这个为她起舞，那个为她切蛋糕。他们都想能够上前去吻一吻她的面庞，然而，这是在公开的集市里，所以各怀心思的男人们也无可奈何。

他们的这一举动，把女子吓坏了，姑娘自感受到了惊扰，非常恼怒，她认为那些男人行为十分不端。于是，她怒而斥责他们，怒极之时，她甚至还打了几个人的耳光，然后便愤愤地离集市而去。

那天晚上，走在回家的路上，姑娘暗暗自语道："真是太讨厌了！这些男人太没礼貌了，这社会道德太败坏了，真让人无法忍受！"

一年很快就过去了，这位漂亮的姑娘常常想念起集市上的一幕，想起那些小伙子们。于是，她再次来到集市。她的脸庞依然如玫瑰般红润、百合般纯洁，她的秀发依然如金色的晚霞，她的红唇依然带着黎明般微笑。

然而，这一次男人们一看见她，便纷纷转身离去。一整天里，姑娘都是孤孤零零的，十分寂寞，就这样度过了一天，没有一个男人主动接近她。

日落时分，姑娘走在回家的路上，内心十分痛苦，心中暗暗地自语："讨厌至极，太可恶了，太无理了，太没有礼貌了，太没有教养了，真令人忍无可忍！"

两位王妃

在沙瓦基斯城内，有一位英俊的王子，城里人人都喜爱他，就连田野里的牲口也熟悉他，碰到他都会主动向他致意，露出笑容。

但人们都说他妻子，也就是王妃并不爱他，甚至有人说王妃恨他。

有一天，邻邦的一位王妃前来拜访沙瓦基斯王妃，两位王妃坐在一起谈话，相互说起自己的王子丈夫。

沙瓦基斯王妃抱怨地说："我真羡慕你和你的王子丈夫，你们两个人生活得那样幸福，虽然你们已结婚那么多年了。可是我讨厌我的丈夫，因为他不仅仅属于我一个人。说实在的，我可以称为是世界上最不幸的女人。"

来访的王妃沉思片刻后，凝视着她说："我的好朋友，实际上你是爱你的王子的。应该说，你对王子还怀有一份未释放出来的热情，那可是一个女人身心里的生命，就如花园里的春天一般。相比之下，最应该同情的是我和我的丈夫，我们之间没有任何感情、任何爱，我们之间只是互相默默无言地忍受着另一方，而你和其他人却认为这就是幸福。"

闪　电

在一个电闪雷鸣、风雨交加的日子里，有一位基督教的主教正坐在他所在的大教堂里。这时，一位非基督教徒妇女走进教堂，向主教请教道："我不是基督教信徒，我能不能得到拯救，免遭地狱之火的烧灼？"

主教看了看那个妇女，回答说道："不，不能！只有那些受过圣水和圣灵洗礼的人，他们的灵魂得到了净洁，这样的人才能获得拯救。"

正在主教和女人说话时，突然，一道闪电划过天空，一阵雷声轰鸣，把教堂雷击起火，不一会儿，教堂的各个角落烈火熊熊。

城里的人们迅速赶来扑灭大火。然而，火势太大，他们只救出了那个妇女，而主教却被大火吞灭，只找到一点灰烬。

隐士和禽兽

很早以前，在一个长满绿树绿草的山岭上，住着一位修道的隐士。这位隐士灵魂纯洁，心地十分善良。各种飞禽走兽，常常成双结对地来到他的身边看望他；他与飞禽走兽谈天论地，飞禽走兽很高兴地聆听他的讲话。它们围绕在他的身边，常常从早上一直待到天黑，直到隐士为它们祈祷吉祥之后，它们才飞上天空，走进森林。

有一天傍晚，隐士和它们谈到了爱情。这时，一只豹子抬起头来向隐士请教说："你今天给我们讲解了爱情，那么，就请介绍一下你的伴侣，她现在在什么地方呢？"

隐士说："我没有伴侣。"

围在隐士身边的飞禽走兽一片哗然，它们相互交头接耳议论起来："他连伴侣都没有，怎么会懂什么情和爱，怎么能给我们讲什么恋爱和婚姻呢？"众禽兽鄙视地看着隐士，然后相继离去，最后只剩下隐士一人留在那里，茫茫然。

当天夜里，隐士侧躺在草席子上，眼睛望着地面，捶胸痛哭不止，伤心至极。

先知和孩子

有一天，先知莎利亚在花园遇见一孩子。孩子看到他，连忙走到他跟前问候，说："早上好，先生！"先知也回答道："先生，你早！"接着关心地问道："你是独自一个人来到花园？"

孩子高兴地告诉先知："我花了好长时间，终于甩掉了我的保姆，她还以为我在这围墙的外面呢。你看，现在我终于来到了花园里面！"之后，他看着先知的脸问道："你也是独自一个人？你是怎么对付你的保姆的呢？"

先知回答说："我俩之间有点不一样。我大多数时间是难以甩掉我的保姆的。不过，我现在来到了花园里面，而我的保姆还在花园墙外寻找我呢！"

孩子高兴地拍手说道："真好，我们俩一样，都是走失的人！走失的人岂不是挺好的吗？"接着孩子问道："你是做什么事的？"

"人们都称呼我为先知莎利亚。你是谁家的孩子？"先知说，"能不能告诉我，你是什么人？"

孩子说："我就是我自己啊。我的保姆正在找寻我，而她不清楚我在什么地方。"

莎利亚抬头看了看天空说："我也是只能暂时躲开保姆一会儿。不过，她会很快就能够找到我的。"

孩子说："我知道，我的保姆也很快就会找到我的。"

就在这时，听到一个女人在呼喊这个孩子的名字，孩子说："你看，我刚说她会找到我的，话还未落，她真的来了。"

几乎同时，围墙外面又传来一声呼喊："莎利亚，你在什么地方？"

先知说："孩子，你听，我的保姆也找到这里来了。"

然后，莎利亚抬起头，仰面朝天回应道："我在这儿呢！"

珍　珠

　　在一条静静的小河里，一只河蚌对它附近的另一只河蚌说："我的身体痛得很厉害，肚子里面好像有一个又重又圆的东西，压得我心慌。我天天带着它，要遭多大的磨难呀！"

　　邻居有点幸灾乐祸地回答道："啊，苍天好开阔，大海真伟岸，我全身没有一丝一毫病痛，全身上上下下、里里外外，安康健全。"

　　这时，一只螃蟹从附近经过，它听到两只河蚌交谈的话后，对那只身体健康的河蚌说："是啊，你的确非常健康。可是，使你邻居感到疼痛沉重的那个又重又圆的东西，是一颗异常美丽、无比珍贵的珍珠。"

肉体与灵魂

　　一男一女两个青年人坐在窗子前，窗户打开着迎候春天的气息，两人亲密地依偎着。女孩子说："我爱你，你是如此英俊，如此富有，穿着打扮又十分得体，你永远引人注目。"

　　男孩子说："我也很爱你。你有着崇高的思想，高远圣洁、神秘莫测，你是我梦中的美妙之歌！"

　　女孩子听了这话，非常生气，她转过身去，愤愤地说："先生，请你现在就离开我。我既不是什么思想，也不是你梦中的什么东西，我只是一个女人。我只希望我的爱人把我看作一位妻子，和未来孩子的母亲。"

　　不久，两个人就因这次相遇而分手了。

　　男子心中暗自认为："现在，我的又一个梦想就这样破灭了，化成了过眼云烟。"

　　女孩子也想不明白："为什么男子要把我看做思想、梦想这些虚无缥缈的东西呢？"

国　王

　　沙迪克王国的民众包围了他们国家的王宫，他们大声高呼着反对国王的口号，要求国王下台。国王见此情景，一手拿着王冠，一手提着权杖，从王宫的台阶上缓缓走下来。国王的威仪使整个王宫霎时一片肃静。站在众人面前，国王说："亲爱的朋友们！从此刻开始，你们就不再是我的子民。现在，我就把这顶王冠和这柄权杖交给大家。我很想尽快成为你们当中的一分子。从此，我就是一个普通百姓，作为一个普通老百姓，我想和你们一起劳动，使我们大家的命运更加好起来。这样就不需要有国王了！让我们一起到田野里去，到葡萄园里去，手挽手、肩并肩，一同劳动吧！请大家告诉我，你们给我哪一块田地或者哪一个葡萄园。从现在开始，你们所有人都是国王！"

　　大家十分诧异，一时间不知如何回答国王。大家原以为国王是他们的灾难根源，现在，国王要交出王冠和权杖，成了他们的当中的一分子了。

　　很快，大家各自散去，国王也跟着其中一个百姓到田间去劳动了。

　　然而，没有了国王的沙迪克王国的各方面情况并没有什么好转，人们不满的情绪依旧笼罩着王国的上上下下，大家又聚集在广场呼吁，要求有个人来管理他们，管理王国的具体事务，男女老少同声要求道："我们一定要有一个国王！"

　　人们分头去找国王，发现国王正在田间劳动，大家簇拥着将他送回王宫，把王冠和权杖送到他的手上："从今开始，请你公正地用权力统治我们这个国家吧！"

　　国王回答说："从今开始，我将真的用你们赋予我的权力来统治你们，我也请天地间的各路神明来帮助我公正地对你们进行统治。"

不久，不少男女来到国王面前，向他控告一位男爵虐待手下的百姓，把他们当成任意驱使的农奴。国王立即下令把那位男爵传唤来，对他说："在上帝的天平上，人的生命都是一样的。由于你不知道如何称量那些在你的田园和葡萄园中劳作的人们的生命价值，那么，我就必须把你放逐出去，让你永远离开我们这个王国。"

第二天，又有一些人来到国王面前，控告居住在山丘后的一位伯爵夫人，说她心地残忍，弄得当地群众穷苦不堪。国王下令立即把她传唤到法庭上，判处她流放的刑罚，国王说："那些耕种我们土地，看管我们葡萄园的人，我们吃的是他们做的面包，喝的是他们酿造的酒，他们比我们高尚高贵得多。既然你连这一点道理也不明白，那么，你就应该离开我们这片国土，到远离我们这个王国的地方去。"

接着，又有一批男女百姓来控告主教，控告主教强迫他们搬运石头，为教堂雕刻石头，建造整个教堂，建造整座教堂不给一分钱。他们知道主教的金库里放满了金银财宝，而他们施工的工人们却忍饥挨饿，肚子空空。

国王立即召见主教，主教到来后，国王对他说："在你的胸前挂着的这枚十字架，应该意味着用生命换生命的含意，然而你却一味索取，以生命剥夺生命，自己从不付出任何代价。因此，你应当离开我们这个王国，永远不得再返回来。"

就这样，整整过了一个月时间，每天都有各色男女前来王宫，向国王诉说压在他们肩上的各种不堪负担；这一个月，每天都有一个或更多的压迫者被国王驱逐出王国。

沙迪克的群众十分高兴，内心充满快乐。

这一天，又有一批老老少少的群众将王宫团团包围起来，他们大声呼喊着国王的名字，国王再次一手托着王冠，一手提着权杖来到他们面前。

国王问道："这一次，你们又有哪些要求？你们看，我把你们希望我执掌的东西带过来了，再还给大家吧！"

国王话音未落，人们高声呼喊："不，绝不！您是我们最公正和最英明的好国王。您帮我们清除了盘踞在我们国土上的毒蛇和豺狼，我们今天来这里，是要向您表达我们的深深谢意，是来为您歌功颂德的。王冠的威严是属于我们亲爱的国王您的，权杖的光荣也是属于您的。"

国王连忙答道："不，不是！不是我！应该说，我其实不是国王，你们自己才是国王。当你们认为我胆小怕事、软弱无能、不善理政时，其实你们自己也是不善施政的，是软弱的。如今，田地耕种得五谷丰登，国家全面走上了健康发展之道，这是因为你们大家立志要做到这样。我不过是你们大家脑子里的一种思想，只有你们行动起来，我才得以存在。实际上，根本不存在一个叫统治者的人，被统治者们会发现，其实，所谓的被统治者，实际上是他们自己在统治自己。"

国王拿着自己的王冠和权杖重新回到他的王宫中，老老少少的群众高高兴兴地各回各家了。

以此，沙迪克王国的老百姓们，每个人都认为自己是国王，一手托着王冠，一手提着权杖，人人都像是王国的那位老国王。

在沙滩上

有两个人，站在海边的沙滩上，其中一个人对另一个人说："在很久很久以前，有一次，大海涨潮时，我用手杖的尖端，在沙滩上写了一行字。如今人们走到这里，仍停下脚步细心阅读，生怕一不留神被冲去。"

另一个人接着说："我也在沙滩上写了一行字，不过那是在退潮时写的，涨潮时，海浪一来，便将这行字冲得无影无踪了。请告诉我，你写的是什么字呢？"

第一个人回答道："我写的是'我是永远的屹立者'，你写的呢？"

第二个人回答说："我写的是'我仅仅只是这沧海之中一滴无足轻重的水'。"

三件礼物

从前，在贝沙累城里，有一位宽宏大度、十分仁慈的王子，城里几乎所有的人都十分爱戴这位王子。

然而，这个城里却有一位光棍儿，他不仅一贫如洗，喜欢骂人，还经常用他的贫嘴恶舌诽谤王子，编造王子的种种传闻。

王子早就知道这件事，但他一直容忍着，从来没有说个好坏。

这一天，王子终于想出了一个制服那个饶舌的光棍儿的办法。王子在一个冬天的夜里，派人给光棍儿送去一袋面粉、一小盒肥皂和一大块糖。

王子的仆人敲开光棍儿的门说："王子让我给你送些礼物，聊表心意，以作纪念。"

光棍儿为此非常得意，引以为自豪，他把这些礼物当成王子对他的敬重，他高兴地跑到主教那里，把王子送他礼物的事添油加醋地告诉主教，并且说："你难道看不出王子是在博得我的欢心吗？"

他没有想到，主教这么对他说："啊，真是一个聪慧的王子，而你又是多么不了解他呀！王子在暗示地用象征性的东西来说话：面粉可以用来填充你那空空的肚子，肥皂可洗涤你那肮脏的皮肤，糖块可甜润你的辛辣口舌。"

一句话让光棍儿清醒过来，自那之后，光棍儿也对自己的言行感到害臊了。然而，他对王子的憎恨比过去更厉害了，他甚至厌恶那个点醒了他的主教。

当然，光棍儿自此沉默下来，再没有说一句中伤王子的话……

和平与战争

在一个阳光灿烂的日子里，有三条狗一边晒太阳，一边快乐地闲聊。

第一只狗像无限神往地抢先说道："好奇怪，我们今天才真正像狗一样优哉乐哉地生活，想想我们当年在大海里、陆地上以及天空中旅行的舒适安逸，再想想那些为狗儿们享乐而搞出来的那些发明创造，甚至还有专供我们的耳、鼻和眼享受的各种东西！"

第二只狗接着说："相比较而言，我最关心艺术。我们对着月亮的吠叫声，比我们的前辈更有节奏感。当我们往水里凝望我们自己的影子时，会发现我们自己的容貌比往昔的狗儿更干净、更神采。"

第三只狗连忙走上来说："其实，最使我留恋、最让我心灵愉快的，是那存在于我们狗与狗之间的相互理解和谅解！"

就在三只狗相谈甚欢时，他们突然发现，一位打狗者正向它们飞快走来！

三只狗几乎同时一跃而起，向着大街上逃窜。逃命之时，第三只狗气喘吁吁地喊道："上帝啊，求你保佑我们逃命吧！文明正在野蛮地追捕我们呢。"

舞蹈家

　　过去，有一位舞蹈家，带着她的乐队，来到别尔卡沙王国的王子的宫殿，王子的侍卫们热情地把她迎了进去。进入宫殿，舞蹈家就和着四弦琴、长笛、扬琴的乐声，在王子面前跳起舞来。

　　舞蹈家跳了火焰舞、剑矛舞，还跳了繁星之舞、宇宙之舞，最后又跳了风中花卉舞。

　　舞毕，舞蹈家在王子面前徐徐地停了下来，然后向王子鞠躬致礼。王子请她走近自己，然后对她说："美丽的女子，高雅愉悦之女，你精湛的舞艺是从哪里学来的呢？你如何把大自然的各种元素融汇到你的舞蹈及其节奏、韵律当中去的呢？"

　　舞蹈家再次向王子鞠躬致礼，然后说："伟大又仁慈的殿下，我不知道怎么回答您的问话。但我知道：哲学家的灵魂深深扎根在哲学家的头脑中，诗人的灵魂悄悄埋伏在诗人的心脏里，歌手的灵魂充分表现在歌手的喉咙上，而我们舞蹈人的灵魂则覆盖全身的每个细胞上。"

两位天神

　　一天傍晚时分，两位天神在城门口相遇，两人互致问候之后，聊起天来。

　　一位天神问道："这段时间里，你在忙些什么呢？分派给了你什么任务？"

　　另一位天神回答说："分派我去看守一个犯了罪的人，这个人住在一个山谷里，他作恶多端，卑劣之至，已经到了危险的边缘。我可以肯定地说，这是一项极其艰难的任务，我肯定要付出很大的辛苦。"

　　第一位天神说："其实，这个任务很简单，我很了解罪犯，也不止一次看守过他们，看守罪犯的任务是单一而简单的。而我现在的差事才可能比较麻烦，我最近被分派过去，看守一名心地善良的圣徒，这位圣徒生活在用树枝搭成的凉棚里，远离人群。我可以肯定地断言，这才是一项极为艰巨的工作，而且极其复杂微妙！"

　　第二位天神说："你这纯粹是在骗我！守护圣徒不可能会比看守罪犯更艰难！"

　　第一位天神说："你竟敢说我骗你，真是无礼极了！我说的全是实实在在的真话。要我说，你才是个大骗子呢！"

　　两位天神的争吵一步步升级起来，起初用嘴吵架，最终演变为用拳头争高下了。

　　正在两位天神打得难分输赢时，天神王来到他们的身旁，天神王阻止了他们的争斗，问道："你俩为什么打架？究竟有什么原因让你们打得如此难解难分？难道你们不清楚看护别人的天神之间相互打架，是最不像话、不成体统的吗？你们告诉我，你们之间打架的原因究竟是什么？”

两位天神同时对天神王说了起来，都认为自己的工作比对方的工作困难得多，因此应该得到更大的认可、更多的赏识。

天神王听完后，不由自主地摇了摇头，然后认真细致地思考起来……

之后天神王对他们说：“我的朋友们，我现在无法说清楚你们俩究竟应该谁获得更大的认可和更大的奖励。现在，既然我有权指挥你们，而你们俩都坚持认为对方的工作比自己的工作更为轻松，那么，为了太平无事、和平共处，我给你们俩相互间换一下工作。这样，既能确保看守任务顺利完成，又能让你俩各自都比较满意。现在，你们俩就各自去承担原来委派给对方的看守任务去吧！”

两位天神当即就去执行命令。但是二位天神边走边不时地回过头去，愤怒地看着天神王，心中诅咒道：“你们这帮天神王！正因为你们的存在，才把我们这些天神的生活弄得一天比一天难过。”

天神王站在那里想了想，思考良久之后自言自语说：“从今以后，我们更应当警惕起来，一定要把我们手下这些看护别人的人监督起来，看守好这些看守别人的人。”

雕　像

很久以前，有一个人住在大山深处，他家里有一尊不知从何处来的雕像，据说是古代一位大师雕刻制作的。他嫌雕像占据空间，于是把雕像丢在门前的一块空地上，多年也想不起来去看它一眼。

有一天，有位城里人途径他家门口。这位城里人知识广博，一看见这尊被遗弃在空地上的雕像，便问主人是否愿意出售?

主人以为他开玩笑，大笑道："这块没人要的石头，既笨重，又肮脏，你如果要，随便出个价钱即可拿走。"

城里人说："这样吧，我给你一块银币，你把这块石头卖给我。"

主人喜出望外，他没有想到这块没用的石头还能卖出一块银元的价钱。

城里人用一头大象把雕像运到城里。几个月之后的一天，主人到城里办事，他在大街上行走时，见到一个店铺门口人山人海，争相进入，其中有一个人不停地大声喊叫道："快来，快来，请进来观看天下最完美、最神奇的雕像，仅仅两个银币，便可一睹艺术大师的传世珍品。"

见观看人群如此热情，山里人连忙掏出两个银元，跟着拥挤的人群一起挤进店铺观看……他看见了那尊他以一块银币卖出去的雕像，雕像被灯光照耀，置身于金灿灿的绸布中间!

交　易

　　很久以前，有一位身无分文的穷诗人，在十字路口遇见了一个蠢笨的富翁。两个人感到无聊，就相互聊了起来，这一聊，就聊了很长一段时间。

　　正在两人宣泄内心的不满时，专司马路的天神恰巧经过十字路口，天神手往二人肩上一按，让人称奇的事发生了：两个人交换了他们各自所拥有的一切。

　　两人拿着对方转入手中的财产各自离去。让人奇怪的事情发生了，诗人看到自己的手中除了一捧干燥的沙子外就什么也没有了，而那个蠢笨的富翁闭上眼睛，除了感觉到一缕云彩从他心中流动之外，他什么也没有能够感觉到。

爱与恨

有一位女子对一位男人说："我爱你。"那男子回答说："我从心底里期望，自己能配得上你的爱。"

听了这话，女人犹豫地问道："难道你不爱我吗？"那男子只是久久地凝视着女子，默默地没有说话。

这时，女子突然高声叫了起来："我恨你！我厌恶你。"男子慢慢地说："那我也从心底里期望，自己能配得上你的恨。"

解 梦

　　有个人在睡觉时做了个梦，他一醒来，就去找占卜师，想请占卜师给他讲清楚这个梦预示着什么。

　　占卜师清了清嗓子后，对那个人说："你带着你清醒时看见的梦境来咨询我，我一定能够把这个梦境的意思给你说清楚。但是，当你熟睡时做的梦，我就没有办法圆了，它不属于我的智慧，也不属于你的想象。"

疯 子

　　我在疯人院的花园里碰见一位青年，他面容苍白，容貌俊美，但却让人感觉怪怪的。

　　我在他身边的长凳子上坐了下来。我问他说："你为什么出现在这里呢？"

　　他惊讶地望着我说："你这个问题问得极不礼貌，很不合适，但我还是要回答你：我的父亲要我变成和他一模一样的人；我的叔父也想要我变成像他那样的人；我的母亲希望我像她那位大名鼎鼎的父亲；我的姐姐则打算要我学习她那位海员丈夫，要我完完全全效仿他；而我的哥哥则对我说，要求我成为他那样的，做一名出色的运动健将。

　　"还有，我的老师们，也和他们一样，有人想让我成为哲学博士，有人想让我成为音乐教师，有人想让我成为逻辑大师。每个人都希望我像镜子一样，成为他们自己。

　　"因此，我来到这个地方。我觉得这个地方反而神志清楚，能还健康给我，至少我可以成为我自己。"

　　良久，他突然向我转过脸来说："请告诉我，难道你也是被其他人的劝告和教诲赶到这里来的吗？"

　　我回答说："不！我仅仅只是来参观的。"

　　那个年轻人说："哦，有些人就住在墙那边的疯人院里，原来你是疯人院中的一员啊！"

一群青蛙

盛夏的一天，一只青蛙对它的伙伴们说："我很担心，担心我们的夜晚唱歌会，会影响到水田边那户人家一家人的休息。"

伙伴们回答说："是啊！不过，难道他们白天的说话声、走动声没有打扰我们的休息吗？"

青蛙说："然而，大家都知道，我们在夜里唱得太嘹亮了，而且也太久了！"

伙伴们说："他们在白天里无休无止地高声聊天、打闹，而且频繁、多样，这也是大家都知道的。"

青蛙说："牛蛙的声音频率太高了，它那咆哮般的轰鸣声连上帝都要禁止，吵醒了整个村庄，四邻难以入睡，你们觉得合适么？"

伙伴们说："确实是啊！不过那些来到田畔、岸边的政治家、牧师和学者们，也和牛蛙一样喧闹不止，弄得我们不得安宁，既无音韵，也无节奏，你又该怎么说呢？"

青蛙回答说："真的！但是，让我们比人类文明一些吧！让我们夜间安静一些，把那些美妙的歌儿藏在我们的心里。尽管月亮需要我们的歌声，繁星需要我们的韵律。但是，我们至少可以沉默一两夜，甚至连续三夜沉默吧！"

伙伴们说："很好！我同意你的建议。让我们一起来等待你那宽容之心带来何种美好的结果吧？"

当天夜里，群蛙都沉默未鸣。第二夜、第三夜，群蛙仍然坚持默不作声。

奇怪的事情发生了：第三天早晨，住在湖边的女人下楼来吃早饭，大声对她的丈夫说："我一连三夜，都没有能够睡着觉。我只有听着蛙鸣，才能进入梦乡，踏实睡觉。我这连续三夜没有听见蛙鸣，肯定是出了什么意外事情了。我因没有蛙鸣声的陪伴而失眠，现在都快要发疯了！"

听到这话，青蛙把脸转向大伙，眨巴着眼睛咨询说："一连三天默不作声，我们几乎要被逼疯了，大家说是不是啊？"

群蛙回答说："是啊！在夜里停业歌唱而沉默，对我们来说，真是一个十分沉重的难题。我现在终于明白，我们没有必要因为照顾这些人的安宁和舒适而中断我们的歌声，他们实际上也需要用我们的喧闹来充实他们的空虚。"

当天夜里，月亮终于盼到了期待已久的青蛙的歌声，繁星终于等来了青蛙的韵律。

法律与立法

数百年前，有一位伟大国王，他是一个十分英明的国王，他要给他的臣民制定治理国家的法律。

国王从一千多个不同的部落，选出一千多位贤人到首都来，要求他们共同制定在广大国土上施行的通行之法。

一千多位贤人写出了一千多条法规，当这千余条书写在羊皮纸上的法规呈送到国王面前时，国王一一看过后，辛酸地哭泣起来，他不曾料到，看似平安吉祥的王国之内，竟有达一千多种形形色色的犯罪勾当。

于是，国王招来他的书记官，嘴角带着微笑地口授法律条文，最后形成的法律条文仅仅7条。

一千多位贤人愤怒地离去，带着他们自己制定的千余条法律，回到各自的部落中。每一个部落都开始采用千余位贤人制定的法律。

因此，直到如今，他们仍有千余条法律条文。

这是个伟大的国家，这个国家拥有上千座监狱，这些监狱中关着许许多多触犯这上千条法律条文的男女罪犯。

这确实是一个伟大的国家。然而，这个国家的公民，都是千位立法者和一位贤明国王的后裔。

哲学家与修鞋匠

有一天，一位哲学家穿着一双破鞋子来到一家修鞋店，哲学家对修鞋匠说："能不能帮我修一下这双鞋子？"

修鞋匠说："我手上现在为别人修理一双鞋子，而且还有些鞋子也早早排队，要尽快修好不可，然后才能轮到修理你的这双鞋子。不过，你可以把你的鞋子放在我的店里，今天你先穿这双别人的鞋子走，等明天再来取我给你修好的鞋子吧。"

听了这句话，哲学家很生气，他大声说："我从来都不穿别人的任何鞋子。"

修鞋匠说："那么，你真的是哲学家吗？难道你就无法忍受让自己用别人的鞋子来包裹一下自己的那双脚吗？这条街头上还有一位修鞋匠，他比我更了解哲学家，请你到他那里去修理你的鞋子吧！"

建桥者

在穿越安提阿城奔入大海的阿栖河入海口处，河口上建了一座桥，将这座城市的两个部分连接起来。桥是用大型条石建造的，这些大型条石都是安提阿的骡子从山里驮来的。

石桥建成后，在一根石柱上用希腊文和阿拉姆文刻了一行显目的文字："此桥为安提阿二世 ① 国王所建。"

所有的人过河，都必须从这座桥上走过去。

有一天傍晚，来了一个有点傻里傻气的弱智青年，这个弱智的小疯子爬到刻着字的石柱旁，用木炭将原来的字涂抹掉，然后在原来刻字的地方写道："这座大石桥所用的石块，都是由骡子从山间驮运而来。往来过桥者，实际上相当于跨在建桥者——安提阿的骡子的背上。"

民众看到小疯子写的话，有的哈哈大笑，有的惊为天才，有人告诉他人说："嗬，明白了！我们知道这是谁干的，那个'小疯子'真的疯吗？"

城里的一头骡子也笑着对另一头骡子说："你难道不记得我们确确实实从山中驮运了这些石头？可是，尽管如此，直到今天，人们仍然一直说该桥为国王安提阿二世所建造。"

---

① 安提阿二世（公元前287—前246），是叙利亚塞琉王国国王。

扎德土地

在扎德的一条大路上，有一位旅行者遇到了一位住在附近村子里的村夫，旅行者手指着面前的一大片土地，向村夫问道："这片土地是不是当年阿赫兰姆国王打败敌人的古战场？"

村夫说："我们这里从来没有当过战场。这里原来就是宏伟繁华的扎德城，后来因为一场大火，扎德城被化为灰烬，之后才变成一片肥沃良田。你看，不是吗？"

两人分手后各走各的路。

旅行者走了不到半里路，又遇到另外一个人，旅行者指着田地问道："这里当年有一座宏伟繁华的扎德城么？"

那人说："我从没有听说过这里建过城，不过这儿倒是有过一座修道院，后来南夷人把它毁了。"

又走了一会儿，还是在同一条路上，旅行者又遇到第三个人。旅行者指着这片土地问道："这里早先真的建有一座宏伟的修道院吗？"

第三个人回答说："这周围从来没有建过什么修道院。不过，我们的父辈以及祖先曾经告诉我们，曾有一颗流星落在这片土地上。"

旅行者感到十分奇怪，便在疑惑中继续往前走。不久他遇见一位年纪很大的老人，向老人问安之后请教说："老人家，我在这条不长的路上遇到三个生活在附近的当地人，我向他们每个人打听这片土地的情况，但他们每个人的说法都互不相同，都否认别人讲过的故事，却讲述了一个别人没讲过的故事。"

老人抬头看了看旅行者说："我的朋友，应该说，这几个人说的都是事实，所有的事都确实发生过。但是，这些人当中，却没有一个人能把一个个不同的真实故事，依据发生的时间串联起来，从而讲出整个真实全面的历史事实。"

金腰带

从前，有两个到利伦斯的萨拉密斯城去的人，在大路上相遇了，他们决定结伴同行。到了中午，两人行至一条宽阔的大河边，河很宽，却没有桥。要渡过河去，要么游泳过河，要么重新找一条路绕行，可他们又不认识路。

两个人商量起来，其中一个人对另一个人说："干脆我们游过河去吧！这河也就这么宽，不必再去绕行。"

于是，两人先后跳下水去，向对岸游去。

然而，两人跳到河中不久，出现了令人惊奇的事情，其中一位熟悉江河水性、也会游泳的人，他跳入河中后，竟然失去了平衡，被汹涌的水流卷走了，无法把握自己的方向。而另一个从没有游过泳的人，却笔直地游过了河，很快站在了对岸的河滩上。他见同伴还在河里挣扎，便重新跳入水中，把同伴也安全地拖上了岸。

那个险些被水流卷走的人感到不可思议地问道："你告诉我说你不会游泳，但又怎么能够如此信心十足地游过了河呢？"

对方说："我的朋友，难道你没有看到我这条腰带吗？腰带里面装满金币，这些金币是我整整干了一年才辛苦获得的，是为我的妻儿挣的生活费。正是这条金腰带的分量将我推到了河的对岸，以便我能够活着回到妻儿的身边。我游泳的时候，我觉得我的妻儿都站在我的肩上。"

两人上岸后，又一起继续向萨拉密斯城走去。

红土壤

　　有一棵果树深情地对一位男子说："我的根深深扎在红土壤之中，我将把我因汲取红土壤的营养而结出的果实献给你，献给你这位生活在红土壤上的男人。"

　　男子对果树说："我们俩多么相似啊！我的根也深深扎在红土壤里。红土壤给予你力量，以便让你把甘甜的果实献给我；红土壤也引导我，要虔诚地接受你向生活在红土壤上的我们奉献的果实，同时要向你们表达我们自己的深深谢意。"

一轮圆月

一轮圆月慢慢地升起来了，月光照亮了城市的上空，城市里所有的狗儿都对着月亮狂叫起来。

只有一条狗没叫，它用庄严的声音对其他狗儿们说："你们的叫声既不能把寂静从人们的睡眠中叫醒，也不能把月亮从天上唤回到地面。"

一时间，全城所有狗儿都终止了叫声，全城陷入了一片寂静之中。这时，那只叫其他狗儿不要叫的狗，要求大家保持肃静，直至夜尽天明持续叫了一整夜。

出家的先知

过去有一位出家的先知，他每个月都要离开禅房，到城市里去三次，到城市的集市上去宣讲施舍的好处，并号召人们要学会助人为乐，学会分担他人的负担。先知能言善讲，沟通能力强，非常能说服别人相信自己，因此，先知名声远扬，国人皆知。

有一天，有三位男子来到先知修养的禅房，先知非常热情地接待了他们。他们对先知说："你一直劝告人们学会与人分享的习惯，坚持施舍行善，互助协作，你曾引导教育富有的人帮助穷人脱贫。你的说法我们深信不疑，你的名声已经给你带来大批财富。如今，我们十分贫困，你就把你的财富给我们一些吧！"

先知回答说："我的朋友们，实际上我仅有这么一张床、这床上的草垫和这个水瓶，除此之外一无所有，如果你们想要的话，就拿去吧！我身边既无银子，也无金子。"

三个人听后，非常蔑视地望了望先知，然后把脸儿全部转了过去，走在最后面的那个人在门口站了一会儿说："噢，你真是一个大骗子，你在撒谎，满口谎话！你天天教导和引导别人，你自己却从不亲自实践、身体力行！"

两首诗

很久很久以前，有两位诗人，在去雅典的大路上相遇了，两个人都为这不约而同的相遇兴奋、开心。

第一位诗人问第二位诗人说："你最近在写什么作品？你的抒情诗写完了吗？"

第二位诗人颇为自豪地回答说："我刚刚完成了一首我迄今为止写得最完美的长诗大作，这首诗一定能成为希腊有史以来最伟大的诗歌。犹如献给伟大宙斯神的祷词！"

说着，第二位诗人从大衣里掏出一卷羊皮稿纸说："你看，就在这里，我随身带着这首长诗呢！我非常高兴朗诵给你听。来，我们到那棵柏树的树荫下去坐坐吧！"

第二位诗人开始大声朗诵自己的诗，那是一首很长很长的诗。

第一位诗人和善地说："这真是一首绝妙的长诗，这首长诗必将流芳百世，永载诗的史册，你也一定会闻名千古，令后代称颂。"

第二位诗人平静地问道："那你最近又有什么新作？"

第一位诗人回答说："我几乎什么也没有写，只有八行小诗，用来纪念儿时在花园里玩耍时的一些片段。"接着，他就背诵了一遍八行小诗。

第二位诗人评价说："不错，还行。"很快，两个人就分手道别。

到现在已经过去了两千多年，今天，第一位诗人的那短短的八行诗，仍被用不同的语言反复传诵着，深受各国人民的喜爱。

第二位诗人的那首长诗，也确实经过了时间的考验而流传下来，在图书馆和大学者们的藏书楼里被收藏着，但却没有多少人喜欢读它，更没有人愿意去吟诵它。

鲁思太太

很久以前的一天，有三个人，远远地看见远方一座绿色山头上，有一座孤零零的白房子，其中一个人告诉另两个人说："白房子是鲁思太太的，鲁思太太是一位又老又丑的巫婆。"

第二个人否定了第一个人的说法说："你说错了！鲁思太太是一位美丽的妇女，她整日在绿色山头上沉湎于浪漫的梦幻之中。"

第三个人听了后说道："你俩都没有说对！鲁思太太是这一大片土地的主人，她靠吮吸在这一大片土地上干活的奴隶们的血汗生活。"

三个人边走边争论，一时间谁也说服不了谁。

他们走到一个十字路口时，遇见一位白发苍苍的老人，其中一个人问道："老人家，你能将住在山顶上那座白房子里的鲁思太太的一些情况简要地告诉我们吗？"

老人慢慢地抬起头来，微微一笑地说："我现在已经90多岁，在我还是小孩子的时候就听说过鲁思太太的故事。现在算一算，鲁思太太八十年前就去世了，如今那座房子里空空荡荡的，只有猫头鹰等鸟儿经常在屋子里呜呜地叫着，所以，不明就里的人们常常说白房子里闹鬼。"

老鼠和猫

有一天晚上，一位诗人遇到一位农夫。诗人十分冷傲孤僻，而农夫却异常腼腆木讷。尽管如此，二人还是聊起了天来。

农夫说："我最近听到了一个十分有趣的小故事，我来讲给你听听吧。一只老鼠非常悲催地落到了捕鼠笼里，正当老鼠津津有味地吃着笼子里放着的干奶酪时，有一只猫来到了老鼠的身边。最初，老鼠吓得浑身发抖，不久，老鼠就发现，自己在捕鼠笼子里，反而安全无事。

"猫对老鼠说：'我的朋友，你正在吃你一生的最后一餐啊。'

"老鼠回答说：'我这一生只有一条命，也只有一次死亡。可是，你呢？据说你有九条命，也就是说你必须要死亡九次！'"

说到这里，农夫看了看诗人，然后问道："你说这是不是一个新奇有趣的故事？"

诗人没有回答农夫的问话，反而是走到一旁，心中反复琢磨农夫的话："确实如此，我们有九条命，那肯定也要有九次死亡。这样看来，也许只有一条命要比拥有九条命要幸福得多，正像被捕鼠笼夹住的老鼠，也像每天在土地里耕作的农夫一样，每天用一块奶酪当作最后一餐。然而，如果这样，我们不就与沙漠和丛林里的猛兽差不多，或者和他们成为亲属了吗？"

诅　咒

　　有一天，有位头发花白的老水手沉重地对我说："三十年前，有个水手骗走了我心爱的女儿，把我的女儿拐到了很远很远的地方去了。我从心底里诅咒他们，希望他俩背运，因为在这个世界上，我仅疼爱我的女儿。

　　"没有过多久，那个骗走我女儿的水手，真的连同他的船一起沉到了海底，我那最可爱的女儿，也与他一起离开了人世间。

　　"现在，你看看，我就是害死小伙子和女儿的凶手！毁灭他俩的，就是我对他俩的诅咒。现在，我的岁数已大，已在走向坟墓的路上，希望上帝能够宽恕我的罪过。"

　　老水手虽然说了这番沉痛的话，然而，他的话里话外仍然有点自吹自擂的含意，好像他仍旧为他那诅咒的灵验而自豪。

石　榴

从前有一个人，他在自己的果园里种植了许多石榴树。几乎每一年的秋天，他都把石榴放在他家住宅门外的几个银盘里，并在银盘上贴着招牌，招牌上写的是："请务必取用一个，不收分文，十分感谢。"

然而，来往经过银盘旁边的人，也看不上这石榴，没有一个人取用。

这个人经过反复思考，终于在又一个秋天决定，再也不把盛满石榴的银盘放在户外，而是用大字写了一个招牌，上面写着："这里备有人世间最高贵的石榴，所以只能以高出其他所有石榴的价格销售，请予理解。"

奇迹出现了，附近的男女老少们看见这个招牌之后，纷纷前来抢购……

关于神

在基拉菲斯城，有一位诡辩家，他常常站在神庙的台阶上，向大家宣讲众神。大家心中说："他宣讲的那些大家都知道，这些神难道不是和我们在一起生活吗？难道不是我们走到哪儿他们就跟到哪儿吗？"

诡辩家宣讲之后没过多久，另一个人站在城市中间一个大型市场里，对大家说："这个世界上根本不存在什么神。"听了他的话后，许多人很高兴，因为大家都不希望有太多的神。

之后的一天，又来了一个身体强壮、口齿伶俐的人，他对大家说："这世界还是有神的，但是只有一位神。"他的话让老百姓非常担心，大家都害怕只有一位神，认为一神的判决严过多神的判决。

在同一季节里，又来了一个人，他对大家说："这世界上共有三位神，这三位神三位一体住在风里，他们有一位共同的、心胸宽大仁慈的母亲，这位母亲同时是他们的同伴和姐妹。"

一句话又让众人安下心来，他们私下里认为："三位神虽然三位一体，但他们在判断大家的缺点时，意见肯定会不一致。而且，他们的母亲胸怀宽广且善良，一定会站在普通百姓一边，为大家的弱点进行辩护。"

这之后，一直到今天，基拉菲斯城的百姓们，仍然在究竟是多神还是无神，三位一体还是一神，神有没有慈母等问题上众说纷纭，进行着无休无止的争辩，没有谁能说服别人。

耳聋的妻子

从前有一位富翁，他有一位年轻漂亮的妻子，可惜的是，这位年轻貌美的妻子却是一位聋子。

有天早晨，富翁夫妻吃早饭时，妻子对富翁说："昨天我去市场逛了逛，那里货品很多，让人目不暇接：既有大马士革的绸袍、印度的头巾，也有波斯的项链、也门的手镯……看来商人们刚刚把这些东西贩运到我们这个城市。可你看看我，衣服破破烂烂根本不像一个大富翁的妻子啊！我要你帮我买几件漂亮的衣饰。"

正在喝咖啡的丈夫听了后，立即答道："亲爱的！我没有什么理由不让你购买东西，你现在就去市场，买下自己心爱的东西吧。"

妻子说："不，不，你总是说不！难道我就必须身着破衣出现在朋友的面前，给家人和你丢人？"

富翁说："我没说一个'不'字啊。你可以去市场随便买，买下全城最漂亮的衣服、最昂贵的首饰和其他喜欢的装饰品。"

聋妻子又猜错了丈夫的话，她说道："在所有的富翁中间，你是最吝啬的，是守财奴，你就是不想让我穿戴得漂漂亮亮，而其他人家的贵妇人个个都穿得漂漂亮亮，珠光宝气，富丽堂皇。"

话没说完，聋妻就大哭起来，泪水像珍珠一样一颗颗滚落在前胸，她再次高声喊道：

"每次我要购买衣服和珠宝时，你总是这样，总是说：'不，不！'"

丈夫被她的喊叫声所感染，连忙站起来，从钱袋里掏出一把金币，放在聋妻面前，边说边哄地告诉她："亲爱的，快去市场吧，把你想买的东西都买回来吧！"

自从那天开起，聋妻每次想要买什么东西时，总是珠泪盈眶地站在丈夫面前，而富翁丈夫总是不声不响地从钱袋里掏出金币，放在聋妻的面前。

之后不久，这位聋妻不知怎么和一个年轻的小伙子偷偷地相爱了，这位年轻的小伙子喜欢外出长途旅游，每当小伙子远行后，聋妻总是坐在窗边哭泣，每次聋妻落泪，富翁就会认为："肯定是新商队来了，肯定有新颖的首饰珠宝上市！"

每当这时候，富翁就会掏出一把金币，默默地放在妻子面前……

寻　找

一千年以前，有两位哲学家，两人相遇在黎巴嫩的一个斜山坡上，其中一位哲学家首先向另一位问安："你上哪儿去？"

另一位哲学家回答说："我来寻找能使人恢复青春的甘泉，听说这种甘泉就在山间，它在迎着太阳的地方绽放花朵。你呢，你在寻找什么？"

第一位哲学家回答说："我在寻找死亡的真正秘密。"

两位哲学家都认为对方缺少许多知识，都认为对方不讲科学。很快，两个人就争吵起来，互相都说对方愚昧、昧于灵性。

正当两位哲学家的争吵声像狂风一样呼啸时，一个被村里人称为傻子的陌生人经过这里。这位傻子一直被村里人认为天真、可怜、一无所知。听到两位哲学家大声争吵，傻子站在他们旁边似懂非懂地听他们讲各自的道理。

听了一会儿，傻子走近两位哲学家，对他们说："两位先生，看上去你们俩好像不属于同一派别哲学。一位寻找不老的青春甘泉，另一位探寻死亡的秘密，实际上两者说的是同一个道理、同一件事，它们共同存在于你俩身上。"

傻子随后告辞，并说："两位哲学家，再见了！"转过身后，只听他忍不住发出了无可奈何的笑声。

两位哲学家见此，静静地望了望对方，然后几乎一起笑了起来。其中一位哲学家对另一位哲学家说："好吧！我们现在何不一起去寻找呢？"

权　杖

有一天，国王很不开心地对王后说："夫人，你实在配不上称为王后！你太平庸、太无能也太没有教养，不配做我的王后！"

王后听了这话，也非常不高兴地说："先生，你自认为自己是尊贵的国王，实际上，你也只不过是一个可怜的传声筒而已！"

王后的话让国王非常愤怒，只见他拿起权杖，劈头盖脸向王后打去，权杖上的金把手直接打在王后的前额上。

王室侍从这时候走了进来，连忙劝道："尊敬的国王陛下，这权杖是王国最伟大的艺术家制作的，太可惜了！其实，有那么一天，国王陛下和王后都会被人忘却，但这柄权杖将会作为珍贵的艺术品一代一代地传下去。如今，国王陛下你让它沾上了王后陛下额头上的鲜血，从此，它变得更有故事，也更有价值了，更会被人们重视和追念。"

路

　　在崇山峻岭中的一个山顶上，住着一个女人和她的儿子。孩子是这位母亲的第一个孩子，也是她唯一的孩子。这位母亲将全部身心都倾注在儿子的身上。

　　然而，孩子却突然死于高烧，当时医生就站在孩子的身边，但却无能为力。

　　痛苦撕裂了母亲的心！她号啕大哭，对医生恳求说："告诉我！请你告诉我！究竟是什么让孩子不再挣扎，是什么让孩子不再歌唱了？"

　　"是热病。"医生说。

　　"什么是热病？"母亲急切地问道。

　　医生回答说："我也解释不清楚。那是一种无限小无限小的微生物进入人体引起的发热，我们的眼睛是看不见微生物的。"

　　医生离开后，那位母亲仍然不断地重复着医生的话："一种无限小无限小的微生物，我们的眼睛是看不见微生物的。"

　　黄昏时分，牧师前来安慰母亲，她一边哭泣一边说："为什么我会失去我可爱的儿子？他是我的独生子，是我的第一个儿子。"

　　牧师安慰地说："我的孩子，这一切都是上帝安排的。"

　　母亲说："上帝是什么人？上帝又在哪儿？我想见到他，我要当着上帝的面撕裂我的胸膛，把我心上的血泼洒到上帝的双脚上。请你告诉我，我在什么地方才能找到上帝！"

　　牧师说："上帝是无限大的，可以说是无边无际的，我们的肉眼根本是不可能看见他的。"

母亲高声哭喊说："原来是无限小的微生物，借助于无限大的意志，杀死了我的儿子！我们呢？那么我们是什么？我们是什么呀？"

这时，孩子母亲的妈妈来了，她的手里拿着包裹孩子尸体的衣服进了房间。牧师的话和女儿的呼喊，她都听得一清二楚。老妇人把包裹孩子尸体的衣服扔到地上，用自己的手握着女儿的手，说："我的女儿，我们既是极小者，又是无边无际的至大者。我们是微生物和上帝之间相通的路。"

鲸鱼和蝴蝶

一天傍晚，曾有过一面之交的一位男子和一位女子一同登上了一辆旅行马车。

男子是性格开朗的诗人，他坐在女子的身边。路上，为了驱除寂寞，诗人开始给女子讲故事，讲的那些故事，有的是诗人自编的，也有的是诗人听来的。

可惜的是，诗人讲得津津有味，女子却睡着了。突然，马车晃荡了一下，女子被震醒了，她说："我很喜欢你对约拿①与鲸鱼的故事所进行的重新解读。"

诗人无可奈何地说："不过，夫人，我刚才讲的故事是我自编的，说的是一只蝴蝶与一朵白玫瑰如何礼敬彼此的故事。"

---

① 约拿，《圣经·旧约》中人物。约拿和鲸鱼的故事出自《约拿书》。

会传染的和平

一支开满鲜花的树枝，对它旁边的一根树枝说："这是一个多么沉闷多么无聊的日子啊！"

另一枝树枝回答说："确实啊，真是无聊极了！"

就在两个枝条说话的同时，一只麻雀飞了过来，停留在一根树枝上，不久，又飞来一只麻雀，停留在第一只麻雀旁边。

其中一只麻雀叽叽喳喳叫道："我的爱人啊，离我远去了……"

另一只麻雀也高叫说："我的爱人也离开我了，而且她永远都不会再回来了，我已经没有什么可以在乎的了！"

两只麻雀开始还好好说话，说着说着两人相互斥责起对方，不久竟争吵起来，两人都发出刺耳的叫声。

正在两只麻雀相互争吵不休时，突然，另外两只麻雀又从天而降，它们从容安静地停留在两只争吵的麻雀旁边，一句话也不说。不久，安宁来了，天空中出现一片平静和平的气氛。

之后，四只小麻雀便成双成对飞走了。

一根枝条对另一根枝条说："四只麻雀的先后到来，带来了一场声音上的大转折啊。"

另一根枝条说："随你怎么说吧，反正现在是安静的、和平的。我一直认为，假如天空的高层能保持安静，处于和平之中，那么，住在下层的人们也会生活在和平之中，会觉得生活非常惬意。你想不想在风中摇曳得更靠近我一点，免得我俩总是相隔得那么远吗？"

开满鲜花的枝条高兴地回答说："好啊！为了和平，为了幸福和惬意，我愿意按照你的意志办。在春天逝去之前，这一切我们都能做到。"

随着一阵清风的到来。开满鲜花的枝条，凭借着风的推动，在风中用力摇曳，把另一根树枝拥抱入怀……

树的影子

六月里的一天，一棵青青的小草对一棵榆树的影子说："你总是在我的头顶上从左到右摇摆，从右到左晃动，把我的心扰乱得无法安宁。"

树的影子回答说："其实，从左到右摇摆的不是我！你朝天上看看吧，你的头顶上空有棵树，它在风中东摇西摆，在天与地之间不停地晃动。"

青草抬起头来向上仰望，他头一次看到了那棵大榆树，心中暗想："怎么还会有比我大这么多的草呢？"

于是，青草从此默不作声了。

七十岁

有一位年轻的诗人，他对公主说："我爱你。"公主愉快地回答说："孩子，我也爱你。"

诗人说："然而，我不是你的孩子，我是一个男子汉，而且我也真爱你。"

公主说："我是一个儿女成群的母亲。我的儿女也都成了他们儿女的父亲和母亲，我的一个孙子，都比你的年龄还要大啊。"

年轻的诗人说："正因为此，所以我爱你。"

时隔不久之后，公主去世了。但是，在公主的最后一口气被地球呼吸容纳之时，她在内心深处告诉自己说："我的亲爱的！我亲爱的唯一的孩子！我的年轻诗人啊！来世有朝一日，我们也许会再次见面的，那时的我，一定不会是七十岁。"

寻找上帝

有一天，有两个人在山谷之中行走，其中一个人指着前方的山腰说："你看到那座偏僻的寺院了吗？寺院里住着一个与世隔绝的人，他弃绝红尘间的事非已经很久。他追寻着上帝，人世间的东西，他一概无所求，从不理会。"

另一个人说："他是不可能找到上帝的，除非他能远离那偏僻的寺院，远离那人类难以克服的孤独，回到尘世间，与我们共享欢乐，共担悲苦，在婚宴上与众人一道起舞，在死者的棺材旁与痛哭的人们一起落泪。否则，他是不可能真正寻找到上帝的。"

第一个人已经从内心里被他说服了，但他口里仍然说道："我完全同意你所说的一切。但我相信，那位隐居者是个善良的好人，是一个虔诚的人。一个远离尘世的善人，总是比那些红尘之中的道貌岸然的伪君子要好得多，对世界也更有益！"

河　流

在卡迪沙河谷的附近，大河汹涌澎湃，飞速奔流，有两条小溪在这里相遇了，他们开始了交谈。

第一条小溪说："我的朋友，你是怎么流过来的？这一路上顺不顺利？"

第二条小溪回答道："我这一路行走十分艰难，遇到很多障碍。水磨的轮子坏了，而那个把我从水渠引导到农田那儿的农民也去世了。在烈日下。我不得不艰苦挣扎，携带着那些无所事事、懒惰无比的人们扔下的污物，慢慢地流出来。我的兄弟，你来时的路上怎样呢？"

第一条小溪说："我来的路与你完全不同。我是从山中香花翠柳间一路飞泻而下的，尘世间的男男女女都把我视作甘泉，用银杯盛着我喝，而孩童们见到我则纷纷赤足涉入水中，任我的缓流拍打着他们红润润的小脚丫，在我的周围，到处都是人们的欢歌笑语声，甜蜜的歌声飞向远方，飞入云霄。你的路途如此不愉快、不幸福，真是让人悲伤呢！"

此时，大河正高声呼唤说："快来吧！快来吧！朋友们，我们将一起奔向大海。快来吧！快来吧！与我相融，请你们忘掉旅途中的迷茫、忧愁和阴霾。快来吧，你和我一起同行。当我们一同到了我们的大海母亲的怀抱中时，我们一起忘掉，忘掉我们以前曾经走过的路，忘掉我们以前曾经的悲伤和幸福。"

两位猎人

五月的一天，欢乐神与哀伤神在一个美丽的湖畔相遇。他们相互问安之后，双双在安谧的湖边上坐了下来，轻声交谈。

欢乐神赞叹着世间的美丽风光，细数着森林、高原的惊人之美，以及从黎明到暮霭时所听到的悠扬歌声。

哀伤神接着说，他完全同意欢乐神所说的一切。哀伤神深知时光的魔力以及其内在的美好和奇幻。他滔滔不绝地讲述着田地里和高原上的奇景异境。

两位神灵并肩畅谈，他们发现彼此对事物的见解和看法完全一致。

这时，湖的对面走来两个猎人，他们隔水望着两位神灵，其中一个猎人说："好奇怪呀，湖对面的这两个人是谁呢？"另一个猎人说："什么？你说什么，你是说有两个人？可是我却只看见一个人。"

第一个猎人说："那里确实是有两个人啊。"第二个猎人又说："我只看见有一个人，你看，湖水里的倒影也只有一个。"

第一个猎人说："不是的，那里有两个人，湖水里的倒影也清清楚楚是两个啊！"

第二个猎人又说："实在说，我真的只看见一个倒影。"

"但是，我确实清清楚楚地看见两个倒影。"第一个猎人再次肯定地说。

一直争论到今天，两个猎人还在争论不休。一个猎人说另一个猎人看到的两个实际上是重影，而另一个猎人则说对方的眼睛有点儿瞎。

又一个流浪汉

一天，我在旅途中遇到一个在路上徘徊的人。他也有一些疯癫。他对我说的第一句话是：

"我是一个浪迹天涯的流浪者。我常常觉得，我总是穿梭行走于城市里的那些矮小的流浪汉中间。我的头与地面的距离要比他们的头与地面的距离高出近百英寸，所以我的头脑比他们更有远见，能更自由地思考。

"然而，说实在的，我并不是走在人们之中，而是走在他们的上方。人们所能看到的，只不过是我在旷野中留下的脚印。

"我经常听到他们为我的脚印的形状和大小争论不停。有人说：'这是远古时代的庞然大物周游大地时留下的不灭印记。'也有人说：'不！那曾是高空流星从遥远的地方陨落下来留下的遗迹。'

"可是，我的朋友，你很清楚，那个脚印什么也不是，只不过是我这样一个流浪者留下的脚印而已……"